私、ただいま透析中

Nabetani Mayumi
鍋谷末久美

澪標

鍋谷末久美作品集

私、ただいま透析中　目次

朝明けの空が見たい

私、ただいま透析中

装幀　森本良成
カバー絵　佐野　勇

朝明けの空が見たい

泣き虫

私は昭和31年、茨城県の勝田市（ひたちなか市）で生まれた。

2歳のときのこと、飴を飲み込んでしまって泣きわめいたことがあった。

「そのうち溶けるでしょう」そう言って、知らんふりして隣のショウちゃんのお母さんと再び立ち話をし出す母。

鉄筋コンクリートの5階建てのアパートが建ち並ぶ、その前の道で立ち話は続いた。そんなのんきなお話をする暇があったら、何とかしてよ。のどに飴がへばりついて気持ちが悪いの、ママなら何とかできるでしょ。いっこうに泣き止まない私に、ショウちゃんのお母さんがリンゴを剝いて食べさせてくれた。結局、飴は喉にへばりついたままだったけれど、何か安心感を得られた。今になったらわかるけれどそのときの23歳の母は、どう対処していいかわからず、頭で子育てをしていたような気がする。

幼い頃の楽しみは、自転車でやってくる紙芝居だった。水飴を買うと、それを舐めながら前に立つ私たちに、紙芝居屋のおじさんは自転車の荷台に取り付けた台に、紙芝居を立てかけて見せてくれた。

しばらくすると、新たな楽しみが増えた。

テレビが初めてやってきた。ショウちゃんの家で、夕方、近所の子どもたちが炬燵に集合した。ショウちゃん、ショウちゃんのお兄さん、私、私の姉、上の階に住むイズミちゃん。

「おばちゃん、おかわりちょうだい」

初めて観た白黒テレビが、何を放送していたかは覚えてないが、ショウちゃんのお母さんの作ってくれた団子汁が美味しかったのは覚えている。

子どもたちは賑やかに集まって食べること自体が嬉しかったのだろう。毎度、まいど、食べ物にまつわる記憶である。

姉の小学校入学と同時に私たち一家は、茨城県勝田市から姉の通う聾学校のある水戸市へ引っ越した。

最初のうちは、聴覚障害者の3歳上の姉が通う聾学校に、母に連れられて私も行っていた。教室の後方で、学校が始まってから終わるまで、いつも姉を見守っていた。

初めての学校に一人で行かせるのが、母は心配でたまらなかったのだろう。殆どが遠方から入学してきた寄宿生で、付き添いがいるのは姉だけだった。細長く切った色画用紙を互い違いに組んで籠を作る授業では、私も参加させてもらった。淡いピンクやブルーの美しい色の紙切れが形を成して行く様は、幼心にもワクワクしたものだった。

しばらくすると、私は年端もいかない子だったが、家から少し離れた幼稚園に預けられ、「帰りは迎えに来るまで、門の前で待っていなさい」と母に言われた。

幼稚園が終わり門の前に佇んでいると、お友だちになった年上の女の子が、その子のお婆ちゃんと一緒にそこを通りかかった。

「一緒に帰ろう」と手を差し伸べてくれて、その子の手に縋り付くように、手を繋いでその子の家について行ってしまった。幼稚園の門の前で、一人でポツンと待っているのは心細いし、幼いながら何ともうら悲しい気持ちだったのだ。

うわー。私は目を輝かさせた。

その女の子の家の広い庭にはブランコがあった。夢中になってブランコをこいだ。前に後ろにブランコは大きく揺れた。初めのうちは楽しかった。

ふと私は思った。ママはここに来ているのを知っているのかな。ひょっとして迎えに来てくれないのではないかな。一緒に帰ってきたお婆ちゃんは、先生に何も言ってこなかったし、この家に来ているのを知らないいんじゃないかな。急に不安がドッと押し寄せてきて、涙が止まらなくなった。お友だちが困惑した様子で、庭の物干しの洗濯物を取り込んでいるお婆ちゃんを見ていた。

夕暮れ近くになって、母はやっと迎えにきてくれた。

幼稚園に行かせるのは時期尚早だと思ったのだろう、近所の私と同い年の子どもたちが一緒に入園する翌年まで待つことにし、そのときは別の幼稚園へ行くことになった。ブランコのある家のお友だちがいた幼稚園には、だから1日だけの通園だった。

翌年の幼稚園に行くまでまた姉の学校について行くことになった。

「おねえちゃん、こっちだよ」姉の手を引いていつもリードして歩いていた2歳の私を、母は過信していたのかもしれない。私が姉をリードしていたようで、実は私も姉に依存していたのかも知れない。

私を足手まといとまでは思わなくても、まだ23歳の若い母の焦りは伝わってきて、何かといえばすぐに泣いてしまう。それはひと言でいえば不安を抱えていたせいだろう。

出来ない

「もう1回、出来るまで教室に帰ってはダメ」体育の授業が終わっても逆上がりの出来ない私は、運動場の鉄棒のところに一人残された。どういうふうにしたら出来るようになるのかもわからず、ただがむしゃらに鉄棒にかじりついた。

「まだ、まだ」6年のクラス担任の先生の叱責が飛ぶ。

私一人が出来なかったわけでもないと思うのだが、いや、他の子たちは遊びの一環で練習しているうちに出来るようになっているのかもしれない。

実は、家の庭にも鉄棒が設えてあるのだが、興味のない私は触りもせず、もっぱら近所の子どもたちの遊び道具になっていた。

母が3日間ほど、鉄工所にパートに行っていたことがあり、そこの工場の人が余った鉄くずなどで鉄棒を作ってくれたのだ。

父が庭に木を打ち込んで、その鉄棒を固定した。工場の人は言ったそうだ。「家に鉄棒があったら体育の授業のときの役に立つはずだから」

一生懸命に足を蹴り上げたところで、その足は空を切ってドスンと地面に落下する。土埃が舞い上がり、白い運動靴が茶色くなった。それは何度やったところで変わらなかった。

そのうちに情けなくなってきて涙が頰を伝わり、鉄棒の下の土の上にこぼれ落ちた。残って見ていたクラスメートの寺田君が、「もういいよ」と私の背中を押した。「えっ、でも」躊躇をみせる私を、校舎に向かってグイグイと背中を押していった。「もう、いいから、いいから、」寺田君にも私にも、先生は何もおっしゃらなかった。

最近ではこうすれば逆上がりが出来るようになるとか、少しでも早く走れるようになるコツ、なんていう検証をテレビでしているのを観るが、あの頃はただ、やりなさいと言われていただけ。それとも「出来ません、もう嫌です」という言葉を、先生は待っていたのだろうか。

走り高跳びも直前で止まってしまう。ハードルなんかもってのほか。もし、ぶつかりでもしたら怪我をするではないか。跳び箱も飛び越えられないで、上にちょこんと乗ったままになってしまう。マラソンもしんどくて嫌。運動会なんてどうやってサボろうかと、そればかりを考えていた。走るのが遅いし、なぜわざわざそんな無様な姿をさらさなければいけないのか。

人間、得手不得手がある。音楽の授業で音を外して謡うからといって、居残りさせられたという話は聞いたことがない。美術でも絵を描いた画用紙に余白があるからと叱責されることもない。自分の身体を張る運動は好きではなかったが、休み時間にやるドッジボールなどは楽しかった。ボールを上手に受ける子の後ろに隠れて、ひたすら逃げ回る。結局、私一人が最後まで生き残ってしまい、余計に怖い思いをすることになる。

「ボールを受け取って、僕たちに廻してくれないと、僕たち中に入れないんだからね」

などと外野にいる同じチームの仲間からプレッシャーをかけられる分奮闘した。対戦相手のチームから投げられたボールは、眼をつむるようにして胸で抱き止めた。おお、やれば出来るじゃん、みんなそんな表情をしていた。一番驚いていたのは私だった。そのあと、うまく外野にパスできたときは嬉しかった。仲間が中に戻ってくるとまたその背後に隠れて、ひたすら逃げ回った。

放課後の陣取りゲームもおもしろかった。懇談会が終わり、一緒に帰ろうと呼びに来た母が、私を見て眼を丸くした。男の子の上着を着ていたから。敵の陣地から見て、誰だかわからないように攪乱させるため、上着を取り替えっこしていたのだ。

小学生の頃は、遊ぶのも必死だった。

子豚のレース

数年前に祖父の3番目の妻が亡くなり、女手がないので父方の祖母が時々、西岳から手伝いに来た。この二人は姉弟だ。

「パパが車で送ってくれれば安心だがね」と車を見送る祖母の声が聞こえた。

「人が見ていると、パパは調子がいいんだから」と、いつものように父の悪口を、車に乗り込む直前の私に囁く母。確かに、父が学校へ送ってくれるのは初めてのことだった。いつもなら30分の道のりを自転車で走って行った。それまで自転車に乗ったことがなかった私は、特訓して乗れるようになったのだ。帰りは学校の近くにある自衛隊の駐屯地の受付で、父を呼び出してもらった。受付の隊員さんたちが言った。

「ああ、娘さんね、一目でわかったがね」「まこち、ほんなこてよう似ちょうが、まるでお父さんの名刺が歩いているようだがね」「うん、うん、顔パスでいける」私の顔を見ておじさんたちは口々に言った。

昭和44年に水戸から都城に引っ越してきて、祖父と少しの間同居していたことがあった。

そんなとき台風の去った山の方で土砂崩れがあり、私と同じ年頃の女の子が生き埋めになって亡くなった。父は自衛隊から、救助作業というよりも土砂の中から遺体を掘り起こす作業に行った。今、思えば大変な仕事をしていたのだ。引き上げた女の子の手脚が赤い傘と同じに、土砂の威力で逆の方向にねじ曲げられていたという。それを目の当たりにした父は、その翌日、車で送ってくれると言い出した。

そんなに父に似ているのだろうか。母に言わせたら性格も似ていると言う。何か訊ねて返事がないとグイグイと突っ込むそうで、怒られたことがあった。

「あんたはパパそっくり」忌まわしそうに言った。

都城の中学を半年後に卒業するというときになって、福岡の中学校へ転校した。都城ののんびりとしたムードとは違い、進学校で有名なそこの中学で休憩時間にトイレに行き、教室に戻ると誰もおらず、黒板に、「次の授業は科学室」と書いてあった。場所がわからず途方にくれ、廊下を通りかかった先生に尋ね、ようやくそこに辿り着いた。心配してくれた級友もいたらしく、私の姿を見て安堵している様子が窺えて、それがかえって寂しい気持ちにさせた。

家に帰り着くと、堪えていた涙が一気にあふれ出した。

「先生にもっと気を遣ってくださいって言わなきゃいけないの」母の少しヒステリックな声。

違う、そんなことを言ってほしいのじゃない。ただ、よく学校で泣かずに我慢したね、よく頑張ったね、それだけでよかった。

地元の高校へは自転車で通った。その高校では冬にマラソンがあり、とても苦痛だった。自衛隊の駐屯地の周りもコースに含まれていて、私は皆から遅れ気味に走っていた。顎を突き出しゼーゼーと肩で息をする、傍目にもいい格好とは言えなかった。駐屯地の周りを取り囲んだフェンスにさしかかった時、不意に名前を呼ばれた。「頑張って」「ガンバレー」フェンスの内側から声がした。金網にしがみつく迷彩服を着た自衛官たちがいた。檻の向こうから熊たちの声援が飛ぶ。檻のこちらの子豚のレースに。やめて。私は恥ずかしさから逃げるように急に走りが早くなり、そのとき一気に30人は追い抜いた。何だ、走れるんだと思ったが、長くは続かなかった。

コートのなかの温もり

昭和51年の事になる。

美術短期大学の卒業を目前に控えて私はまだ就職が決まらずにいた。職業安定所で紹介してもらった教科書のカット図案を作る会社に面接に行き、ものの見事に不採用の通知をもらい、打ちひしがれていた。ああ、どうしよう、たった1社落ちただけなのに、人生の挫折を味わったかのような気持ちがした。だいたい、学んできた短大と同じ美術関係の職種につきたいなどという変な拘りが捨てられずにいたのが、そもそもの間違いだった。一番仲のよかった友人は郷里の農協の事務職に、同じ学科のもうひとりの友人は心斎橋のお茶屋さんの販売員へと、いち早く方向転換を図り、就職先を見つけていた。

一人取り残された私は、短大の人気のない寒々とした廊下をトボトボと歩いていた。すると掲示板に貼られた1枚の求人広告に目が止まった。給料が恐ろしく安いせいで、誰にも見向きもされなかったのだろう。1枚だけが隅のほうで、小さく取り残されていた。私と同じ取り残され組。たしかにお給料はお小遣い程度の7万円だが、実家から通える距離だし、何といってもテキスタイルデザイナーという職種は魅力的だった。

「就職はもう決まったのか？」と口うるさい父親への面目も立つ。本当は心配してくれていたのだが、その頃の私は反抗的で、優しさ穏やかさなどという言葉とは無縁な生意気盛りだった。

何10年も経って聞いた話では、父には倉敷の大原美術館の学芸員につてがあったという事だった。そのとき言ってよ、惜しい事をしたと私は思ったが、おそらく不採用になるだろうと思った父は、初めから紹介してくれなかったのではないだろうか。

短大の掲示板に貼ってあったその会社は、船場の丼池の繊維問屋街にあった。会社とは名ばかりのハモニカ長屋風に軒を連ねたうちの1店で、社長と呼ぶより大将のほうが似つかわしいどんぐり眼の親父さんがいて、即採用になった。

通りに面した1階が倉庫になっていて、木綿プリントの反物が山と積まれていた。そこからトラックの荷台に積み込まれ出荷された。その倉庫の横の細い通路を抜けた奥が事務所になっていた。そして、事務所のさらに奥に階段があり、靴を脱いで上がっていった2階で、テキスタイルデザイン、木綿プリントの図案を描く事になった。畳敷きの部屋に机と椅子が置かれていた。

入社当時そのデザイン室は、のっぺりとした顔のデザイナーの先生と二人きりだった。

時々、1階の事務所の中にあるトイレに下りて行くと、片隅に置かれた、ところどころ黒いビニールテープで補修されたくたびれた応接セットに、頭にターバンを巻いたインド人バイヤーが座っていた。向かい合って座る社長が言う。「トニーツー」「トニーワン」

このインド人はトニーという名前なのかと思って聞いていたら、何と驚いた事に値段の交渉をしているのだった。それならトゥエンテイでしょと心の中で突っ込みを入れたりした。

そんなブロークンな英語でも商談は立派に成立していた。

のっぺり先生は職人気質なのか、もしくは私が当然テキスタイルデザインの全ての知識があって入社してきたものと思っているのか、ポスターカラーの配合の仕方の他は何も教えてくれなかった。「カーマインにバーミリオンを少し入れた赤色が社長の好みだから、そうしてやりな」などと、小学校の体操服の帽子の赤色が社長好みだと言う。嘘でしょ、信じられない。

ところが階下に降りて行くと社長は、「あんたがええと思った色を作ってや」

二人とも言う事が全然違った。社長とのっぺり先生はお互いに遠慮し合っているのか、おもねっているのか本心を言わず、私には狐と狸の化かし合いを見ているようで、いつもイライラした。

でも、のっぺり先生の描くバラの花は、芸術品と言ってもいいほどの洗練されたデザイン画だった。反面でこののっぺりは社長の顔色ばかりを窺っていて、あんたにはデザイナーとしての誇りもポリシーもないのか。会社でお給料をもらう以上、我を通す事はできないのだろうけれど、それでも米つきバッタみたいにヘコヘコするのっぺりに、いつか私は反感を覚えるようになった。

社長も社長で、経営をしていく立場なのだから、デザイナーに求めている事をしっかり言えばいいのに、どうして遠慮する必要があるのだろう。ここは、あまりのっぺりの言う事を聞かないほうが得策かもしれないと考え、体操服の帽子の赤色ではなく、あえてくすんだ赤やワインレッドなどの色を作った。だがデザインの仕事をして行く上で、デザイン画を何インチに仕上げればいいのか、それすら知らずにいた。

短大の時のテキスタイルデザインの授業は、ローケツ染めなどの実践ばかりだったような気がする。模様になる部分に蠟で防染し、その布を染料の中に漬け込み染め上げた布の蠟を溶かすのに、今度は洗面器に入れたシンナー液で洗った。ボンッ。女性講師が、くわえ煙草をしながらシンナー液の入った洗面器の前にしゃがみ込んでいた。眉毛、睫、前髪がチリチリに焦げている。私もシンナーで蠟を落としていた。次の授業に行くために立ち上がったが、身体がふらついてうまく歩けない。酒に酔ったような気分で、友人2人に両腕を抱えられ講義室に行ったのだけは憶えていて、テキスタイルの授業といえば、この場面が強烈に焼き付いている。私がバイトに明け暮れしているうちに、寸法などの授業もあったのかもしれない。

それにしてもちょっと図書館や本屋で調べてみればよかったのだろうが、当時の私の頭にはそういう事も浮かんでこなかった。そこで、土曜日の夕方から、会社帰りに梅田のデザイン専門学校のテキスタイルデザイン科を受講する事にした。会社の人たちには内緒にしていたのだが、会社が終わり、そこに行く道すがら、化学繊維を扱う隣の会社の御曹司と一緒になった。

「どこに行くの？」と訊かれ正直に喋ってしまっていた。男前の憧れの君だったので、妻帯者であるという事を知っていても舞い上がってしまっていた。

マシンプリントのデザイン画は15インチの大きさで5色までの色が使え、スクリーンプリントのデザイン画は24インチの大きさで12色の色まで使える。平送りにステップ送りなどという事を習得し、仕事にも少し自信が持てるようになってきた頃の事だった。階下に下りると、社長はどんぐり眼を潤ませ感激していた。社長といっても社長室があるわけではなく、1階の事務室に15台くらいの机が並べられ、そのうちの一つを使っていた。

どうやらお隣の化学繊維会社の憧れの君に、私がデザイン学校へ行っている話を聞いたようだった。ああ、ばれちゃった、でも社長、そんなに感激されるような事ではないのです。ただ反りの合わないのっぺりに教えを請うのが嫌だったからなのです、妙に冷めた思いでいた。

それから、おそらく社長からその話を聞いたのっぺりが自分の机に呼びつけた。「教えてなかったかな」と言いながら、慌ててインチなどの説明をしてくれるのだが、もう知っているって、うるさいなあと思いながら私はブスッとその説明を聞いていた。

デザイン専門学校で知り合った、私の母校の短大の2年後輩のモトに頼まれて、デザイナーの女の子が2人入社した。

その頃から反物を卸す小売店の店主の生の声を聞くために、東京へ出張したりもした。その時の会話は残念ながら憶えていないが、あるときイタリアンレストランで夕食をご馳走になり、そのとき小売店の店主の隣に寄り添うパートナーを、「実は奥さんではない」と堂々と言うので驚いた。そういう関係は隠すのが当たり前だと思っていた。

「鰻を食べに行こう」と染色担当の上司に、浜松の染工場へ連れて行ってもらった事もあった。

そのとき自分たちの描いたデザイン画をプリントする型を彫る職人さんがいて、おかげで少しくらい下手なデザイン画を私たちが描いても、その職人さんの腕一つでどうにでもなるという事を知って自分の仕事に少し虚しさを覚えた。

それらの工程を知っている社長やアイデアを持ってくる営業の人たちは、どんな雰囲気のデザイン画に仕上がるのかを早く見たがった。

いつも元になるオリジナルのデザイン画の他に、その一部分を取った図案に、色違いの配色を4枚ほど付け、「早く、早く」と急かされて、取りあえず色の組み合わせがわかればいいのだろうと、添付する配色は芸術作品を作っているわけではないのだからと割り切って随分と雑に仕上げた。『あの子は描くのが早い」と社長は喜んだ。ところが、「もうちょっと、周りのデザイナーたちに合わせてゆっくりとやりな」のっぺりからは注意を受けた。それを素直に聞くような私ではなかった。この頃からのっぺりとの間の溝がますます深まっていった。

ある日、のっぺりは自分のロッカーから取り出してきた刀で素振りを始めた。私が机に向かっていると、背後にヒュン、ヒュンと空を切る音がする。

「先生、それは真剣ですか？」「ああ、そうだよ」のっぺりは平然として言った。そこへ営業の人が来合わせなければ、もしかしたら私は切られていたのだろうか。

ある日、そういう時期でもないのに、私だけ給料のベースアップを計ってくれると社長が言った。たまたまヒット作に恵まれたのだ、誰が描いてもその作品は売れたはずと私のほうは実力ではないと、冷めた気持ちでいた。

「そんな、いいです、私はいりません」と断った。すると、「おお、あんたが気に入った」ますます社長はどんぐり眼を輝かせた。

ヒット作になった資料を提供してくれた営業の独身の男性がいて、6歳年上のその彼が皆の前で言った。「あの子、いいね」

それから、その男性が少し気になる存在に変わっていった。

「金が貯まったら結婚しよう」と貯金通帳まで見せられ、男性に免疫のなかった私は、すっかりその気になっていた。いつかプロポーズをしてくれると思ったのだ。

だが、いつまで待っても、その気配がなかった。彼と二人で飲みに行ったとき、思い切ってその話を切り出した。すると驚いた事に、私の口利きで採用が決まった短大の後輩とすでに付き合っているという事だった。よく会社帰りに私は後輩たちに奢ったりしていた。結果的にそれは、2人のデートの邪魔をしていたというわけだ。失恋はしたけれど、果たしてそれが恋だったのかもあやしいものだが、ともあれお小遣い程度だった給料のほうはトントン拍子に上がっていき、手取りで28万円になった。

後輩のデザイナーの女の子たちと船場センタービルで昼食を終え会社に戻る途中で、社長とのっぺりの連れ立って歩いて来る姿が見えた。すると、段ボールを載せたリヤカーを引く、当時は浮浪者と呼ばれていた男性が社長に向かってペコリとお辞儀をした。

社長は戦後間もない頃は、白い布地に墨で柄を描いて、それをリヤカーに積んで売り歩いていたと、東京に出張した折、一緒に行った営業の人から聞いた話を思い出した。水で洗うと墨で描いた柄が落ちてしまうという布地が飛ぶように売れた頃の事だ。それが木綿プリント会社ムラキの原点だった。私にはその頃の社長の引いていたリヤカーと、目の前のホームレスのおじさんのリヤカーがダブって見えた。社長のお知り合いですか、以前の同業者だったりしてなどと少し意地の悪い事を考えた。その頃の私の心は荒んでいた。

会社に帰り着き、階下へお茶を煎れに行くと、ちょうど社長が食事から戻って来た。

「ちょっと、かなわんなあ」社長が照れくさそうに笑った。

社長の話はこうだった。それは誰にともなく話していて、事務所の給湯室でお茶を煎れている私の耳にも入ってきた。

コートを新調したので、寒空の下で気の毒に思ったホームレスのおじさんに、着古したコートをあげたそうだ。それで道端で会うたびに、ホームレスのおじさんはお辞儀をしてくるようになったと言うのだ。

社長って本当に優しいんだな。あのホームレスのおじさんは内ポケットに社長のムラキのネーム入りのコートを着ているのかと思うと微笑ましくなった。

短大を卒業して初めて飛び込んだ社会が、ここでよかった。何て温かな人の元で仕事をさせてもらっていたのだろうか。それなのに、どんぐり眼のおやっさんなどと揶揄して、いつもケンケンとしてちっとも素直になれなくて。今になって、そう思う。

赤色をワインレッドに、ベビーピンクをサーモンピンクに替える事を許してくれた社長。今までになかった事をするというのは、会社にとって大きな賭、決断だったに違いない。

後輩二人の採用も、何でも思いのままにさせてもらっていたのに、あの頃は感謝の念を言葉にすらしていなかった。どうして素直に「ありがとうございます」が、言えなかったのだろう。若さ故の傲慢さ。6年後に退社するまで、のっぺり先生との間の溝は埋まることがなかった。もうちょっと要領よく甘える事が出来ていたなら、仕事もやりやすかったはず。なんて意固地で嫌な性格だったのだろう。恥ずかしながら、年を重ねて初めて気付く事がある。

いつも道端で会うたびに社長にお辞儀をしてくるリヤカーを引いたホームレスのおじさんは、コートのなかの温もりのような社長のその温さにいち早く気付いていていたのだろう。

カラシライス

昭和52年、当時は泉大津に暮らしていた。

それまでは自衛隊官舎と借家住まいを繰り返していて、父の初めての持ち家だった。福岡の自衛隊官舎から大阪へ引っ越して来た前年の昭和51年に、和泉市の桃ヶ丘に家を借りた。だがその家は駅までの道のりが遠く不便だったので、泉大津の肥子町に引っ越した。その頃箕面の短大に通っていた私は下宿生活をしていたため、そこで暮らした記憶はあまりない。ただ、トイレが汲み取り式でとても嫌だったことだけを記憶している。

父に綺麗な家に住みたいと主張した。すると、今まで何も言わなかった母までが同調し、父はマイハウスを手に入れることを考えた。固定電話を取り付けたのも、この頃だった。

南海電車の泉大津駅から7分のところにある旭町の新居への引っ越しは、父の自衛隊のトラックで、自衛官たちによって行われた。2階への荷物を運ぶとき、階段に10人くらいが列になり、流れ作業で次々と段ボールが運ばれた。

「おまえも中に入りなさい」父に言われ、階段の2階踊り場の自衛官に荷物を渡していた。

そのうち、この場所って、けっこうきついところじゃない、何で女一人私だけがここでこんなことしなくちゃいけないの、そう思った瞬間だった。父から受け取ったはずの段ボールが、私の手から滑り落ち、父の腕に落下した。

父が食い止めて、それ以上の被害にはならなかった。しかし本がたくさん詰まった段ボールは、かなり重たかった。考えてみたら、父はその道のプロだ。何も考えず作業をしていればよかったのだ。力仕事は姉の方が向いていたが、聴覚障害者というハンデがあった。私より背が高く、高校時代にはハンマー投げの選手だった。

家の中に荷物を運び終えると、父は隊員たちを連れて飲みに繰り出した。

ソファーベッドを居間から手前の4畳半の部屋に動かすのに、母と姉が運んでいた。

「上、うえ」母が姉に言った。間口が狭くうまく入れられず、ソファーを上にあげたら入るのではないだろうかと母は言ったのだが、その言葉が姉には通じなかった。

重いソファーベッドを抱えたまま立ち往生した。傍らに佇む私が姉にそのことを言おうとしたときには、もう遅かった。母が烈火のごとく怒りだした。「もう、パパは引っ越しの途中で、いつもいなくなるんだから」姉に怒るのは筋違い。

もともと隊員さんたちがいるときに運んでもらっておけばよかったのに。でも、たとえ運ぶ部屋を間違えていると気付いていても、母は自分の口からは言わなかった。

その後どうなったのか覚えていないが、姉はお日様の当たる戸口でサメザメと泣いていた。あんた、そんなところにいたら熱を出すよ。心配し声をかけると、「私にはお母さんが何を言っているかわかりません」と泣きながら訴えた。

うん、うん、わかっているよ、お母さんはお姉ちゃんに怒っているわけじゃないの、と手真似で伝えた。わかっているは自分の胸を掌で叩いた。怒るという仕草は頭から人差し指を突き出し、鬼のようなポーズをとる。違うは親指と人差し指を突き出して、手首を捻った。

後に私は言った。「あのときのお姉ちゃんは可哀想だったよ」母は笑った。「私、疲れていたのよね」

姉も読唇術を勉強すれば、もう少し生きやすいように思えるのだが、私たちも手話を覚えようとしないで、お互いの世界を相容れないようなところがあった。姉の小学校入学の頃はあれほど熱心だった母も、それ以降は見向きもしない様子だった。

父はその年に自衛隊を定年退職し、それが隊員たちに幅を利かせるラストチャンス、今まで家族に見せたことのない姿を見せる、最後のいい機会だと思ったのだろう。

本当なら引っ越し業者に支払わなければいけないお金を隊員たちに奢って嬉しかったのだろう。日曜日は家庭サービスで家にいなければならない隊員さんたちには申し訳ないことをしたけれど、父の有終の美に付き合ってくださり、ありがとうございました。

その方が経費か安くついたのか、家では石油ストーブを使っていた。灯油がなくなると父がポリタンクから給油ポンプで灯油を入れた。

こんなこともあった。居間に置かれたそのストーブの上に、じゃが芋、人参、玉葱、角切り肉を入れた鍋を載せておいた。野菜がトロトロに煮え、肉も軟らかくなったところでストーブからおろし、台所のガス台に運んだ。棚の上のカレー粉を振り入れ、摺り下ろしたじゃが芋を入れ、とろみがついたら出来上がり。だが、待てよ、ちっともカレーの匂いがしない。

カレー粉の缶をよく見ると、カラシの缶だった。父も出来上がるのを楽しみにしていたらしく、私の話にとても残念そうだった。姉には大笑いされた。

憶えていてくれた

私は今、とても後悔していることがある。

父は自衛隊に勤務していた頃から弁当を持って行っていた。自衛隊の食堂の昼食は揚げ物などが多く、カロリーが高いので太ってくるからだ。

「弁当を持って行きたい」と言い、私が高校へ持って行く弁当と同じ物を母に作ってもらっていた。冷凍野菜のベジタブルで作ったチャーハンに唐揚げが定番メニューだった。これもけっこう高カロリーだとは思うのだが。厚焼き卵には砂糖が入っていて、甘くて弁当のおかずというよりデザートだった。後に結婚して、姑の作ってくれただし巻き卵に目を見張った。鰹節から出汁を取って作るという手間のかかる工程を見ていて感心した。

私が社会人になってからは、「もう、お弁当は作らない」と宣言をした。仕事をしているのだから仕方ないよね。のんびりとその話を聞いていた。「それじゃ、おまえが作ってくれ」

父が私に向かって言った。えっ、私だって嫌よ。それでなくても早起きは苦手。

「パパ、お昼は外に食べに行ったら、あの辺ならお店がたくさんあるでしょ。たまには若い子たちに御飯を奢ってあげなくちゃダメよ」と偉そうなことを言った。

40年後、私が父と同じ立場になるとは思いもよらなかった。黄色靭帯骨化症で左足が痺れ、私も杖を頼りに歩いていた時期がある。パン屋さんの店先で代金を支払うのにも一苦労。何とか片手でバックから財布を取り出したものの、片手では財布のファスナーが開けられない。杖を外したら転んでしまいそうだった。それが雨の日だったらと思うと想像しただけでやるせなくなる。せめて雨の日だけでもお弁当を作ってあげたらよかった。

お父さん、ごめんなさい。

私の理想とする父は娘の結婚相手がどんなに素晴らしい青年であっても、絶対に結婚することを認めない、式にすら出席しないという、ホームドラマに出てくるような娘を溺愛してやまない父親。

ところが、現実は20代後半にさしかかると、「誰かいい人はいないのか?」と世間の目をやたらと気にして私を追い出しにかかった。

幸い縁あって結婚することになり、結婚式前夜のこと、2階の父の部屋に挨拶に行った。机に向かい、背を向けて座っていた。

「お世話になりました」と私が座敷に手をついて挨拶すると、父はこちらを振り向いて重々しい口調で声を絞り出した。「とうとう、車を買ってやれんかったなあ」えっ、憶えていてくれたんだ。

姉は成人式のとき、紅色の地に牡丹の花模様を金糸で縫い取った艶やかな振り袖を買ってもらった。そのとき自動車免許を取った私は、「成人式には着物はいらないから、軽自動車を買ってね」と言った。

その後、その事が話題に上ることすらなく、もうすっかり忘れ去られているものだと思っていた。

それを父は憶えていてくれた。でも、私が成人した頃は転勤族だった父も50歳で定年になり、泉大津に家を購入したばかりの頃だった。再就職しても家計が苦しいのはわかっていたので、車どころではないと言われなくても自然に受け入れていた。

必要なら父のを借りればいい。「事故には気をつけろ」「車に傷を付けるな」と少々口うるさいだろうけれど。でもそのことを気に留めていてくれたというだけで嬉しかった。

最近、同年代の友人が言った。「子どもの頃、お正月になると、着物を着せてもらえて嬉しかったよね」彼女は三姉妹、さぞやお金がかかっただろうと思った。だが、それはいらぬお節介というもの、彼女はええしのお嬢さんやった。私はお正月も七五三も成人式でも着物を買ってもらえなかったけれど、父からの思いは確かに受け取った。

現在、故郷の都城で、母とともに絵を描いて暮らしている。

米寿になる父の絵はとても優しい。


子どもの頃、父に教わったことがある。一つは敬礼の仕方。「姿勢が悪い、もっと背筋をピンと伸ばす」まず、そこから始まる。「指先を揃え、腕の角度はこれくらい」と実地に指導される。

海上自衛隊の敬礼の仕方まで教えてくれ、船の中が狭いので、肘を張らずに出来るだけ小さな敬礼をする。こんなこと教わってもなあ、そんなことを思いながら敬礼の練習をしていた。

もう一つは熱いお茶の啜り方。

私が熱いお茶の入った湯飲みの表面をフーフーと吹いて冷ましていた。

「そんなことしてもお茶は冷めないよ。いいか、息を吹きかけるのは茶碗の飲み口だ」

父は自分の湯飲み茶碗の飲み口の一箇所にだけ、フーフーと息を吹きかけた。

「いいか、この冷えた箇所からお茶を飲むんだ」と言ってお茶を美味しそうに啜った。

お茶一つ飲むのもたいそうなと子ども心に思った。

だが、最近、教わった通り、湯飲みの飲み口をフーフーと息を吹きかけて冷まし、ズズーとお茶を啜る。そのたびに父のことが偲ばれる。こういう思い出し方をされるのも悪くないかもしれない。そう思えるようになった。父は故郷の都城で89歳のその生涯を終えた。

自衛官だった父は転勤族で引っ越しが多かった。引っ越しをする度に仏壇が大きくなり、最後の都城の家にはお寺に置いてあるように立派な仏壇が置かれていた。

とんかつパーティー

夫とは梅田の会員制のコンピューターお見合いで知り合った。まだパソコンが一般にそれほど普及してない頃で、お互いのデータを入力しておいて、たとえば年収3百万以上、身長170センチ以上の男性を希望したら、その条件に当てはまる人をパソコンがはじき出して紹介してくれる。その男性に会ってみようと思ったら写真交換して、電話で連絡を取り合う。コンピューター見合いだなんてとバカにする人もいたが、ようは出会いの場をつくってくれるのだ。今の婚活パーティー。

昭和59年の春のことで、28万円の会費を支払い、私はそれを高額だと思ったが、「それだけのお金を払える人ばかりの集まりなので信頼がおけてかえって安心だ」後に夫になった人が言った。出会ってすぐに、そんな金銭面の話をしていた。

それより2年前に、職場の後輩シン子とチホにそれぞれ結婚する相手が決まって、遊ぶ友だちがいなくなり、私は少々慌て、会社に一人取り残されるのも惨めなので早々に退職した。

初めて紹介された人と映画に行った。ジャッキー・チェンのポリス・ストーリーだった。その手のドタバタ映画はあまり好きではなかったが、相手の人が選んだ映画だった。そのくせその彼はやがて鼾をかきだした。御堂筋にあるはり重でカツカレーを食べて帰った。

2番目に紹介を受けた男性は少し年が離れていた。

土木公団か何かに勤務していて、アスファルトの厚みを1ミリ分減らしたら道路はとてつもなく長いのだから相当な経費削減になるとかそんな話をしていた。この男性は他に何人の女性にこの話をしたのだろう、そんなことを考えていた。

「趣味は何ですか?」「読書です」と私が応えると、「誰の本を読んでいるの」「渡辺淳一です」少し恥ずかしそうに言った。「じゃあ『女優』を読みましたか」と身を乗り出してきた。「いいえ」だって、文庫本しか読まないもの、まだ出版されて間がないし、単行本は高いから買わない。「渡辺淳一のどの本がおもしろかったですか」頭に浮かんだのは癌でもないのに乳房を切断されてしまう女性の話。えーと、題名は何だったかな、乳房なんて言葉を出すのも恥ずかしいし。モタモタとしているうちに、「この後、買い物に行くって言っていましたね。付き合ってあげられたらいいんだけど、まだ仕事が残っているんで」

難波シティの蕎麦屋の支払いをすませると、おそらく設計図が収められている筒を抱え、土木屋さんは慌ただしく店を出て行った。

何だか読書が趣味なんて言ったの、嘘をついているように思われなかったかな。

3番目の人は少し背の低い男性だった。ランチが終わると少し飲もうと誘われ、酎ハイをジョッキで2杯飲んだ。店を出た男性が、「ホテルに行こう」と腕を捕みそうになったのを振り払い、「どうもご馳走様でした」通りかかったタクシーを止め飛び乗った。北の繁華街から難波までのタクシー代、いらん出費だった。ランチに酎ハイ、私も安く見られたもんだ。

男のカッターの袖口が黒ずんでいたのが、会ったときから不潔な印象だった。

前の男性に不快な思いをしただけに、4番目の男性は清潔そうな好印象をもった。だが、最初に会ったときにどこで何を食べたか覚えていない。難波シティの銀座アスターに行ったことがあったが、あまりにもリラックスした雰囲気だったので、それが初めての出会いのときのことなのか判然としない。彼は冷麺と一緒にご飯も頼んだ。冷麺を食べ終え、テーブルにはご飯だけが残ってしまった。「何かおかずをたのみましょうか」「いや、大丈夫」と白飯だけを美味しそうに食べた。おかずがいらない、何て楽で安上がりな人と思った。

岸和田城の天守閣にのぼり、ただぼんやりと岸和田の市街地を見下ろしていたこともあった。いつもなら何か会話しなければと焦るのだが、何時間黙っていても気を遣わせない相手だった。お互いに意見の一致を見たのは、文庫本しか買わないということだった。「単行本は買わないよね」「うん、買わない、かわない」

春木の岸和田市立文化会館のプラネタリウムにも行った。あの頃はよく歩いたし、それが苦にならなかった。

鳥羽の水族館にラッコを見に行って、伊勢エビを食べて来て、いつもご馳走になっていたのでこのときは私が奢った。その日は空の雲行きが怪しかった。

そのとき、もし雨が降ってきたら、「雨宿りしよう」と言ってホテルに入ることをチラッと考えたと、後になって彼は言った。残念ながら雨は降らなかったし、折りたたみの傘を持っていた。

以前、勤めていた会社に高槻の人がいた。

その人は急に雨が降ってきて、駅前に傘を持たず佇んでいた女性に、「傘をきせましょか」と話しかけ自分の傘に招き入れた相合い傘の相手が、今の奥さんだということだった。高槻は京都に近いからか、「傘をきせる」という言葉にも雅なものを感じた。「もう折りたたみ傘は持ち歩きません」なんて言っていたが、やはり私は用心深かった。

男の人の思うことは皆同じで、それを口に出すか出さないか、行動に移すか移さないかの違い。このとき、たぶんこの人と結婚することになるだろうなと思っていた。でも、5番目の人とも会う約束をしていた。郵便配達をする彼は、去年の夏、炎天下をバイクで走り回って体調を悪くして入院していたという。

「腸の検査って、どういうふうにするんですか?」「下からカメラを入れてやるんです」およそ食事中の会話に相応しくなかった。まるで医者同士の二人が焼き肉を食べながら、内臓の話をしているようだった。私の興味は留まることがなく、それに付き合ってくれる郵便屋さんもいい人だった。公務員だし、将来、恩給がつくのかな。目を見て話していると、瞳がグレー色をしていた。この人、あまり長生き出来ないかも知れない。勝手な事を考えた。もし、先に郵便屋さんに出会っていたなら、彼もいいなと思っていただろう。ホテルの最上階での中華のコース料理はとても美味しかった。

その後、結婚が決まった私は郵便屋さんにご馳走になったお礼状を出した。

春に知り合い、秋に式を挙げた。

あまり春が永すぎると気持ちが変わるおそれがあり、相手の心が変わるのも心配だった。結婚を約束した頃、長堀でマンショメーカーを立ち上げた短大の後輩モトがいた。

彼女はすでに結婚していて、自分でパターンを起こして、ミシンを踏んで、仕上げた服を卸屋さんに運んで行った。大きなお腹をしているのに精力的に働いていた。彼女のお母さんがマンションに手伝いに来ていた。このモトが池田の実家に暮らしていた独身の頃、家に泊めてもらいモトのお母さんにも会った。「何も自分から苦労を背負い込むことないのにね」モトのお母さんが洗濯物をたたみながら私に言った。「ところで、その結婚相手は何をしている人」あなた、へんな男と結婚しちゃだめよ、という意味合いのこもった訊き方だった。「機械設計って言っていました」その意味をわからずに聞いたことを口にした。「あら、エンジニア、素敵ねえ」そうなんだ、横文字にすると、そうなるんだ。工業高専を卒業して、岸和田の臨海町にある会社にいた。

モトは仕事が一段落したのか、煙草を吸い出した。「煙草吸ってもいいの?」大きなお腹を抱えるモトに訊くと、「うちの子なんやから放っておいて」煙をはきだしながらモトは言った。胎児に悪影響という認識はあるんだ。だけど確かにあんたの子かもしれへんけど、あんたのものとは違うんやで、そう思ったが何も言わなかった。

挙式は御堂筋沿いのホリデイ・イン南海で執り行われた。

当時、背はそれほど高くないのに最高に太っていた私は、お色直しに選んだドレスの背中のファスナーがようやく閉まるといった有様。「式当日まで時間があるから少しは絞れると思います」と係の女性は言った。普通女性は式直前になると痩せるということだったが、結婚が決まって安心したのか、いよいよデブに拍車をかけ試着したドレスも着られなくなり、急遽違うドレスに変更した。

それでも勤めていた会社を辞める前にはプロポーションアカデミーで10キロの減量に成功していた。30万円支払ったので、私の脂肪は100グラム1万円の高級脂肪というわけだ。機械を使ってのエクササイズ、食事の管理をしてくれた。でもそこをやめるとたちまち元の体型に逆戻りした。

アートフラワーをするシン子に、お色直しでドレスを着るときのブーケと髪飾りを作ってもらった。独身の頃、一緒に遊んだことのある福井の男性と結婚したシン子の家までもらいに行き、彼が好きだというます寿司を買って帰って来た。

結婚前には難波の辻調理師専門学校に通っていた。ちょうどその日は式のときに着る白無垢の鬘合わせがあり、料理学校でしめ鯖の調理実習を終えてから行ったので、全身から生臭く酸っぱい匂いが立ち込めていた。鬘を合わせてくれた女性は、随分と臭い匂いのする花嫁候補だと思ったのではないだろうか。

お仲人は彼の会社の社長夫婦にお願いした。ホテルで用意してあった神前挙式を頼んだ。信心する宗教のある父は何か言わないかなと思ったが何も言わなかった。ただ、私が式の料理から何もかもさっさと決めてしまうので、「一人で決めないで、相談して決めなさい」と言った。

新居は夫の会社近くの社宅に入居した。この頃、実家が寝屋川にあったため、この社宅の1階にある独身寮に彼は入社当時から住んでいた。

ちょうど今住んでいるマンションが社宅の近くにあり、当時、新築で売りに出されていた。「あそこを買うたらどない」と姑が言った。「この子は社宅でも大丈夫ですわ」母が口を挟んなだ。マンションを買うのにお金を融通してもらい、後々色んな事に口を出されてはかなわないと母は考えたのだろうが、そういう姑ではなかった。

昭和59年のあのときならまだ安く買えていたのだが、後に社宅を出てマンションに移る平成元年には2、3倍にも値段が跳ね上がっていた。あのとき買ってもらっていたら、悔やまれてならなかった。

社宅に入居するにあたって、部屋の壁のペンキ塗り作業から始まった。部屋はクリーム色の明るい色で、風呂の中はブルーにした。ローラーと刷毛を使い丹念に塗って、床にはビニールクロスを敷いた。初めての共同作業だったが、私たちが5年後に社宅を出るときには、次の入居者のためにリフォーム業者が手を入れることになった。もちろん、会社のお金で。私たちが入居したときはそんな業者はいなかったように思うのだが、知らなかっただけだろうか。

挙式の終わった日はホリデイ・イン南海に1泊した。

私は挙式の間、ジュースにさえ口を付けなかった。おかげで挙式が終わってからの反動は凄まじいものがあった。がんこ寿司で寿司を食べたが、まだ収まらなかったので、更にぼてぢゅうでお好み焼きを食べ、やっと満足した。

次の日、夜の伊丹発の飛行機の時間まで映画を観ようと映画館に行った。伊丹十三監督の

「御葬式」をやっていて、館内はギッシリと人が詰めかけ、入り口扉の前で人の頭と頭の間から覗き込むようにしばらく立って観ていたのだが、早々に映画館を後にした。

新婚旅行はお決まりのハワイ。

11月末の日本は寒く、着て行った皮のジャンパーをホノルル空港で脱いでスーツケースに詰め込んだ。その旅行はパック旅行で、最初にアロハシャツの店に連れて行かれた。

数多くの商品が並ぶ店だが、私の気に入った色合いのシャツがなく、ついて回る店員に、「いらない」と言うと、「ペアで着なければダメ」と怒られた。「記念に買おうよ」と夫が言い、店員はニコニコと笑顔になった。「じゃあ、私がいいと思ったものはないから、好きなのを選んで」

夫が選んだアロハシャツはスカイブルーのシャツに、赤のハイビスカスの花が描かれたケバケバしいもので、ハワイのビーチで一度着ただけで、日本に持ち帰っても二度と袖を通すことはなかった。ああ、夫の色彩感覚には今後頼るまい、とつくづく思った。

夕食のときに見せられたステージの上のポリネシアンダンスのファイヤーショー、何がおもしろいのだろうか、時差ぼけの私にはただ眠たいだけだった。綺麗なピンク色のカクテルが舟をこぐのに拍車をかけた。照り焼きソースのかかったステーキは美味しかった。

バイキング形式のサラダを取るときにトングがうまく使えなくレタスを挟むのに悪戦苦闘

していた。それを見ていた外国人の男性が、手づかみで取っちゃえというジェスチャーをした。ああそういう方法もあったかと感心したが、向こうから見れば私も外国人の女性になるのかと思った。

翌日はホテルの前のビーチに置かれた白いビーチチェアに、こちらで買ったピンクの水着を着て、アザラシさながらに横たわった。ところがそこにはビキニを着けたクジラがいて、私の躰が小さく見えた。隣のビーチチェアに寝転ぶ金髪の夫婦連れが、夕日が沈むまでずっとそこにいた。

近くの公衆トイレに行くと、トイレの扉の丈が短くて、扉の下の部分は大きく剝き出しになっていた。下から覗かれたら丸見え。今にして思えば、トイレで薬物を扱わないようにしてあったのかもしれない。よくアメリカ映画で家のガラス窓にカーテンを引かず、中の様子が丸見えの場面が映し出される。家では薬も注射もしていませんよ、というアピールで、これも文化の違いなのだろう。トイレに行って驚いた私は、夫にそのことを告げた。すると、「みんな、海の中で用を足しているのと違う」「えっ」更に驚きの表情を見せた私。「だって、さっきから海に入って行く人を見ていると、泳ぐわけでもなく、すぐにあがってくるよ」そういえば、確かにそうみたい、これもお国柄の違い？

その晩、ホテルで夕食をとっていると、テーブルに日本人のカップルが近付いて来た。

1日違いで挙式した、夫の会社の同僚柳井さんだった。柳井さんたちは帝国ホテルで挙式を挙げ、こちらで宿泊しているのも高級ホテルだった。なんか差を付けられた感じ。

柳井さんは語学が堪能で、ツアーのポリネシアンショーを抜け出して、タクシーでホテルに帰ったと言う。新婚旅行から戻ると柳井さんは、シンガポールへの赴任が決まっていて、あちらの決まりでお手伝いさんを雇わなければいけないと言う。

いいなあ、柳井夫人が羨ましくて、心の内で大きなため息をついていた。

後から夫が言った。

「僕の仕事は転勤がないから心配しないで」

朝明けの空が見たい

読書会の「若葉」からはレジメを、「文章教室」からはみんなの書いた作品を送っていただく。

図書館の3階の視聴覚室に並べられたひょろ長いこげ茶色のテーブルに思いをめぐらす。平成17年の頃の「文章教室」は最前列に座られた先生に対して、生徒全員がそちらに向かって座るように順々に机が並べられ、本当に教室というスタイルだった。ところが、翌年、倉橋先生に代わられてテーブルの置き方までもが変わった。テーブルを2つずつあるいは3つずつくっつけて四角い形を作る。その中央には空間ができる。なんという開放感。どの席に座ってもみんな平等という感じ。

文章も発言も生き生きと自由になった気がする。みんなが座るパイプ椅子。時折吹き抜ける風が人の話声が聞こえなくなるくらいに、古い窓をガタつかせる。3階まで上がる階段は2階の踊り場で一度休憩をとらなければ、心臓がバクバクと悲鳴を上げた。ああ、あの本たちの独特な匂いの中に身を置きたい。もう何年も休んでいるような気がする。

「若葉」の創作文集の「裸足になった私」で、自分の病歴を披露したところ、「病気のデパート」と命名された。このときのカミングアウトの文章がきっかけとなり、伸び伸びと書けるようになった。人に秘密があると、相手を騙しているような後ろめたさが付きまとう。透析のことは悪いことをしているわけでもないのに、なぜか周りの人にしばらく秘密にしていた。

透析の帰り道、当時は藤井町の病院から30分の道のりを徒歩で帰宅していた。「どこに行ってきたん？」文章教室の人に出くわして聞かれても、笑ってごまかした。自分の身体のことはそれまでひた隠しにしていた。

「人工透析のことはあなたにしか体験出来ないし、あなたにしか書けないことだから、それを文章の端々に取り入れたらいいよ」倉橋先生がサラリとおっしゃった。「もう病気のことは書きません」と思いつめていた私は目から鱗。そうか、私にしか書けないこと、それを書けばいいのか。何しろ私をコントロールするのはたやすい。病気になるのも悪くない、なんて言い過ぎだけど、書くことによって心が軽くなったのは本当。

一昨年の平成27年の1月に宮崎の都城の父が亡くなり、その4月に一人暮らしをする母が脳梗塞で倒れ帰省していたので学習会に出席できずにいた。今度は私自身の身体のことで身動きがとれずにいる。去年の暮れ頃から左足が痺れ転倒するようになった。歩いていて突然痺れはやってくる。近くにある電信柱に蟬のようにしがみつくことしばしば。信頼に足る医者だと思っていたピアス男子に椎間板ヘルニア、脊柱管狭窄症と診断された。「これはほうっておいても治ります」

でも、母に借りたピンク色の花柄の杖にすがって生きていくのは難儀。

結局、ピアスの彼にも見落としがあったようだ。

3月になり、そのときのMRI画像と紹介状を持参して和歌山医大の門を叩いた。MRI画像を見るなり整形外科の医師が、「あれっ、これは胸椎が悪いのかもしれない」と言った。これは滅多にない症例で見落としがちだと言う。その医師は3月の初診だけで移動になり、その次の1カ月後の4月の受診で後を引き継いだ担当医師から告げられた。

「黄色靭帯骨化症という難病です」

私の身体はいたるところ、どこまで際限なく悪くなるのだろう。この病気をほうっておいたら将来歩けなくなり、車椅子生活が待っているという。そうなったら車椅子で暮らしている近所の母の所に転がり込もうかなどという迷いも許されず、手術に向けての準備、再度MRI、CT、血液検査、ブロック根注射等が入念に進められていく。

このブロック根注射が落雷にあったように恐ろしく痛い。どの部分の神経が悪さをしているのかを探り当てるのだが、そこにヒットすると躰が海老反りになる。

「何度も言いますが、透析患者の内視鏡手術は10人に1人が亡くなっています。手術自体は成功するのですが、後どうもよくわからないのですが感染症などで……」それは前の医者にも言われた。私、死ぬの？　死んじゃうの？　10分の1と言ったって生きるか死ぬかのどちらかでしょ。診察室で医者と向き合って回転椅子に座る私は、付き添って来てくれている背後に佇む夫を振り返り、確認する。ウン、と力強く頷く。えっ、いいの？　私、死ぬかもしれないんだよ。だけど内視鏡手術をしてもらいたくて受診しているんだものね。会社を休んで来てもらっているんだものね。

予約してから3カ月待った手術の日が、刻一刻と近付いてきて逃げ出したい気持ち。あれほど待ちわびていた手術なのに。私に果たして夜明けはやってくるのだろうか。

手術日が近付いて来たある日の午後、担当医師から電話がかかってきた。

「突然なのですが、手術の日を1週間前倒しにして戴けませんか？　胸椎の手術を担当してくれる僕の先輩医師が、その日、ちょうど大阪に来るというので依頼したいと思うのですが、いかがでしょう？」私に異論などあろうはずもなかった。

手術の日は娘が休みを取っていて車で送ってくれる手筈になっていたが、予定が変わり、その日は休めないと言う。夫も運転免許を持っているけれど視力が低下して、不慣れな所への運転は不安だと言う。

岸和田駅までタクシーに乗り特急電車で和歌山へ向かう。車内は夏休みの子ども連れが多く優先座席も空いていなかった。杖を突いた私の姿を見て、少し離れた優先座席に座っていた子ども連れの父親らしき人が立ち上がってくれたが、揺れる車中そこまで辿り着ける自信がなかった。左足がジンジンと痺れ、足先に感覚がない。扉に躰を預け何とか持ちこたえる。

岬公園で大半の乗客が下車し、やっと座れた。

考えてみれば特急電車なのだから、座席指定券を買えば座れたのだ。いつも元気が取り柄の倹約家の夫には思いつきもしないこと。そこに考えの至らなかった私自身にも後で腹が立った。

以前、娘の運転する車で和歌山医大を受診したときのこと、駐車場から車を降りて2階からのスロープを下ってきたとき、その壁の手すりに縋ったまま一歩も動けなくなったことがある。そのときも夫は病院の玄関先に備え付けてある車椅子を借りて来てくれればいいのに、また大げさなことを言っているくらいに考えていたみたいだ。いつも元気な人には、そのしんどさや痛みがわからない。それを伝えない私も悪いのだが、なんか弱音を吐くようで嫌。

透明なシリコンゴムで出来ているような吸盤で、鼻と口をスッポリと覆われる。トイレが詰まったときに使用するラバーカップ、ちょうどそんな感じ。

「大きく深呼吸してください」「吸ってぇ、吐いてぇ」

麻酔科医の女性の声に合わせて呼吸するのだが、吸盤の中にはすでに麻酔の気体が充満していて、吐いた息の行き場がなく苦しい。それでもなお、それをグイグイと押し付けてくる。もうちょっと、その手の力を緩めてくれないかな。文句を言ってやろうかと思ったが、こんなことを思っているうちに眠ってしまうのに違いない。案の定、そこで意識が途切れた。


小学校低学年くらいの子どもたちが5、6人ワイワイと賑やかだ。そこに男の子もいたのか、しかとはわからない。その中の子どもの一人が私自身なのか、あるいはそれを私が見ているだけなのかもしれない。

何もかも曖昧な感じで、またしょうもない夢をみてと思ったところで目を醒ました。と同時に気管に注入されていたチューブが、口元からシュルシュルと抜かれた。

「よかったぁ、よかったぁ」執刀医の安堵の声が繰り返されるのを聞き、本当に命がけの大変な手術だったんだというのを実感。

お花畑も三途の川もなかったけれど、18歳で旅立った飼い猫の姿も見えなかったけれど、もし、あのとき、子どもたちに手を引かれて行っていたなら、もう戻っては来られなかったのかもしれない。でも、あのときの子どもたちの声と思ったのは、後から考えてみると、実は手術室の医師やスタッフの声だったのかもしれない。聴覚だけが先に目覚めていて、夢をみたように思えたのかもしれない。

若葉の創作文集の課題がいち早く出来上がっていたものだから、委員長さんにはご迷惑なことに手術前に送らせていただいていた。もしものことがあったとき、遺稿として扱ってくださるのではないかと期待しつつ。実は、家族に向けてのメッセージも書いておいた。

延命治療は不要です
葬儀もいらないです
樹木葬でも合祀でも散骨でも
何でもええようにお願いします
年賀状が届いた人にだけ知らせて下さい

母が一人での生活が困難になったら施設に入所してもらって下さい
都城の義祖母は司法書士の成人後見人がいるので心配いらないです

大学ノートに大きな文字で書き記しておいたのだが、誰も気が付いてくれないかもしれないなと思いつつ、病室のテレビ台の上に置いておいた。

「遺影の写真はこれにしてね」家のリビングのテーブルの上に置いてある写真を示し、常々、娘に言い聞かせている。

それを手に取り、「これ、誰?」蒂文庫の『皆で会おう会』のときに撮ってもらった、10年前の今より10キロはスリムな私。やはり無理があるかな。過ぎ去りし歳月は、あまりにも無慈悲。

脊椎と胸椎の内視鏡手術は、担当医師とその先輩医師により2人同時に行われた。別々にするとそれだけ躰への負担が大きくなるし、麻酔も一度にすんだのでよかった。

医療機材が銀色に輝くだけの無機質な空間が、この世の見納めにならなくて良かった。

「何時間かかった?」

ベッドごと入院病棟に帰されての夫への第一声。

「4時間」

それが長いのか短いのかはわからないが、朝の8時20分から始まった午前の手術も、同じくらいの時間がかかっていたようだ。

その日は朝から絶飲食で500ccの経口保水液を2本渡され、甘いのかしょっぱいのかはっきりしないポカリスエットのような味。透析患者の私は尿の排泄機能がないので、摂取した水分量だけ体内に遺る。日頃、水分のとり過ぎに注意と言われているので、ちょっと驚き。

「これって、全部飲まなきゃいけないの?」あまりにも不味いので思わず看護師さんに尋ねた。

「無理に飲まなくても大丈夫ですよ」佐々木希に似たべっぴん看護師が笑った。


「どうかされましたか?」

手元に置いてくれていたナースコールの呼び出しボタンに躰が触れ、どうやら呼び出してしまったようだ。2度目に鳴らしてしまったときは、さすがに縄跳びの持ち手のようなブザーをベッドの外に放り出した。夜中に用もないのに何度も来てもらっては気の毒。

「どこか痛いところはありますか」傷口が痛いといえば、痛い。

「何か痛み止めの薬をもらえるんですか」と尋ねてみた。

「透析患者さんなのであまり使えないらしくて、でも、座薬なら許可をもらっています」

平然と佐々木希は言う。座薬ってお尻から入れる、あれでしょ、嫌だ。

「んじゃ、我慢します」「ほかに気分が悪いとか、ありませんか?」

「うん、たぶんお腹が空きすぎて、気分が悪いんだと思う」

また、佐々木希を笑わせてしまった。「ちょっと身体の向きを変えましょうか」「傷口に当たっても大丈夫？」慎重派の私は確かめずにおられなかった。

「大丈夫です、今度は右側を下にして寝てみましょうか」

いくら大丈夫と言われても、背中と腰の傷口に当たらないようにと恐る恐る寝返りを打つ。

「ああ、上手です、じょうずです、これなら一人でも躰の向きを変えられますね」

私は赤児か、寝返りを打って褒められるとは。

「向きを変えてもいいですけど、そのとき絶対にこの血液パックを踏まないでくださいね」

少し厳しい口調になった。えっ、血液パック、そんなのがあったの。今まで気付かずにいたが、腰と背中にそれぞれチューブが繋がれていて、傷口から出た血液を透明なビニールパックに貯めるようになっていた。踏むなたって、熟睡してしまったらどうなるかわかったものじゃない。ますます眠れなくなった。もう一度、背中と腰の傷口に当たらないように、慎重に躰の向きを変える。卵を孵す親鳥のようにベッドの左側に置かれた2個の血液パックを抱え込み、冴え冴えとする頭で今日は手術中に4時間も熟睡したのだから眠らなくともよしとしよう、そう思うことにした。いや、待てよ、体力を回復するためにはよく睡眠をとらなければならないのではないかなどと考え、ますます眠れなくなった。

悶々としていたら、看護師さんが点滴を替えにきた。そう、右手の甲には点滴の針が刺さっている。手術前に麻酔科医に告げられた。「将来、左腕のシャントがだめになったとき、右腕に形成しなければならなくなるときがくるかもしれないので、右腕はおいておきましょう。今回の手術の麻酔は腕にはしません」だから腕ではなく手の甲に針が刺してあるのだ。

「透析患者の血管は絶えず全力疾走しているようなもので、手術中に何があってもおかしくないです」と念を押された。そして同じことを繰り返された。10人に1人が亡くなっているんでしょ。麻酔科医が言うより早く、心の内で呟いていた。

以前、透析が終わってからスポーツジムに行っていたことがあり、そうとう危険なことをしていたんだと今更ながらに驚いた。いつも全力疾走している血管を更に走らせるようなことをして、さぞかし血管は悲鳴をあげていたのに違いない。

右手の甲の真ん中くらいに針が刺され、手術中は麻酔薬、今は抗生剤の点滴がつながれている。

「手術した日は皆さん眠れないものなんですか」

「そうですね。皆さん、そんな感じです」看護師さんの応えに少し安心。

以前は透析のない日にスイミングに行っていたこともあって、躰はクタクタに疲れているのに、それでも眠りにつけなくなってしまっていた。透析の主治医に軽い導眠剤を出してもらい、それを飲むとよく眠れた。ベッドの足もとのクローゼットの中のカバンにその薬が入っているのだけれど、それがあれば爆睡できるのだけれど、血液パックを抱え、卵を孵している親鳥の私。そんなこと許されるわけがない。

えっ、ない。パンツを履いてない。手術着がかろうじて巻き付けてあるという体たらく。手術が終わって全身に震えがきたので電気毛布を掛けてもらったのだが、それが熱くなってきたので、毛布を跳ねのけたときのことだった。看護師さんにそれを掛けてもらうとき見ていたのだから、スッポンポンなのは夫も知っていたはず。せめてバスタオルくらいを掛けておいてくれてもええやん。こんなことを言えた義理ではないけれど、気がきかん。

手術着はお笑いコントの衣装のように肩と脇がマジックテープで留められていて、手術中に邪魔になってはいけないからと、長い髪をお団子にしてゴムで結わえておいたところに、その肩口のテープが張り付いている。

もし、入院日数が長ければ美容室で髪をショートカットにしておこうと思っていたのだが、その必要もなかった。だが、こうなってしまうとやはり切っておくべきだった。絡まった髪を少しずつ、少しずつ、マジックテープから外していく。何しろ時間はたっぷりとある。

俯せ寝での手術が終わったとき、手術スタッフが仰向けにして、早く目を醒まさせようと、かなり焦ったのではないだろうか。手術場での慌ただしい様子がこんな手術着にも遺っていた。

手術が終わり、病室にベッドごと運ばれて帰ってきたときのこと。

「あらっ、痛くない」佐々木希が、左頬の下あたりを見ていた。「血が出ている」無言でいる手術室のスタッフを睨み付け、火花が散っている。私は鏡を見たわけでもないのに、「たいしたことないよ」これすらからも、慌ただしい手術室での緊張感が伝わってきた。

それに、手術中に何事が起ころうと文句を言いませんという書類にサインしてあるのだ。「朝明けの空が見たい」なんて題した文章を手術前に書いてあったものだから、本当に手術が終わったその日は眠ることができず、病室の窓のブラインドの隙間から、白々と明けていく空を見つめることになった。

「血糖値を計ってインシュリンを打つ用意をしといてもらえますか」

看護師さんに声をかけられ、電動ベッドのボタンを押して上半身を起こし、気怠げな様子で食台の上に置かれた血糖値測定器に手を伸ばす。手術にあたって、血糖をコントロールするためにここの病院の糖尿内科で借りたものだ。20年ほど前の測定器とは違って、血液を採取するための針が細くなっていて痛くないし、少量の血液でも計れるという優れもの。

ここの糖尿内科で懐かしい先生の名前を見つけた。以前、岸和田の病院で左眼の網膜剥離の手術を受け、結局、失明したときがあった。そのとき、その眼科のスタッフと同期だという糖尿内科医に診てもらっていた。

内部告発をしたために医者の道を閉ざされてしまった彼が這い上がってきて、違う大学病院で再び医者をしている。嬉しい限りだ。インターネットで検索してみると、勉強をやり直すために帰された医大でも仕事をしていたようだ。よかったあ。時代が変わったのか、彼の努力の賜なのか。ちょっと挨拶に行ってみたいが、それこそ振り返りたくない過去の亡霊が現れたとあっては申し訳ない。ネットに載せられた写真の優しい笑顔で我慢することにした。

8時の朝ご飯は低リンの牛乳に低塩分のコッペパン、低糖のジャム、一口大にカットされたパイナップル、これらは余すことなく戴いた。ジャガイモの角切りにドレッシングが添えられているが、これは戴けない。もうちょっと喉ごしのいいものが欲しい。

「おはようございます、今日もいい天気ですよ」誰かはわからないが、食事が終わった頃にやってきて窓に取り付けられたブラインドを手慣れた様子で紐を繰り、開け放つ。

「今日の気温は36度ですって、『外には出ないでください』って、天気予報で言ってましたよ、『出ないでください』たって、ねえ」どうやらヘルパーさんのようなのだが、やたらに元気がいい。

彼女は壁際に取り付けられたエアコンのスイッチに手を伸ばす。「これは暑いはず。27度の暖房になっていますよ」「ああ、昨日、手術が終わって『寒い、寒い』って言ったとき、夫が動かしたままだったみたい」

部屋の温度を上げたくらいでは震えが止まらず、看護師さんに電気毛布をかけてもらい、ようやく落ち着いたのだった。

ヘルパーさんが手早く手術着を脱がせてくれて、熱いタオルで身体を拭いてくれる。一糸まとわぬ姿をさらけ出すのにも抵抗がなくなってきていた。持参のパジャマに着替えさせてくれるとき、点滴の器械から管を外し、そのチューブを小さく折り畳み袖口に通し、また点滴の管を器械に差し込み作動させた。

洗面台の上に置いておいた電動歯ブラシと水の入れられたコップが、ベッドの上を可動する食台の上に置かれた。見ていたら案の定、ヘルパーさんは昨日から置き放しのコップにいきなり水を入れた。一度コップを濯いでから水を入れてほしかった。私は大雑把に見えてそういうところは神経質。

ヘルパーさんと入れ替わり、また違う人が入って来た。

「朝ご飯は食べられましたかぁ」大きな声がした。確か、整形外科医のスタッフの一人だったと思う。「昨日はお疲れ様でした、よく頑張りました」私は手術台の上で寝ていただけだったけど、褒めてもらっちゃった。何だか柔道部の合宿に来ているみたいな気分になる。体格のがっしりとした大柄な男性の大声は少し威圧的な感じさえし、そういうタイプの男性は決して嫌いじゃないけど今の私には少々しんどい。10段階で以前の痛みが8だったとしたら、今の痛みはいくつくらいかと尋ねられる。痺れてはいるが痛いわけではない。痛みと痺れは違うと言ったのは確かここの医者だった。かなり手厳しい言い方をされた覚えがある。それに痺れる箇所も前とは違うから比較のしようがない。私は理屈っぽいのだろうか。

突然、激痛が走る。背中と腰に取り付けられた管が、動いたはずみに傷口に当たった。こういうときの痛みの度合いを聞かれたならマックスと即座に応える。早くこの管の尻尾が外れたらいいのに。

お出かけするときは血液パックを入れて首から提げるようにと、透明なビニールのポシェットを2つ渡される。紺色のテープで縁取られて、おしゃれ？

ベッドの上には見慣れたものが置かれている。そうそう、家の台所にもあるスケール。それでパックに溜まった血液量を看護師さんが量りに来る。「あれっ」看護師さんが慌てている。

「どうしたの、減っているの」何度も計り直して安心したように出て行った。

リハビリ科の若い医者が来た。

「両腕を真上に上げて、今度はその腕を真横に下ろしてください、そのままの姿勢でいてください」ベッドから降りてその横に立つ私の躰に、分度器のようなものを取り出して角度を調べている。「もうちょっとそのままでいてください」

腕を上げるだけでしんどい。ああせい、こうせい、って分度器男子は執拗だった。

「今度はもうちょっと躰を斜めにしてみましょうか」

手術前のデータもないのに、こんなの意味があるのやろか、でもこれが彼の将来の博士論文のお役に立つこともあるかもしれへん。我慢しようか。

今度は口腔内科の先生の回診。

「歯ブラシは持って来ていますか」「電動歯ブラシですけど」「ああ、いいですね」口腔内科医の明るい返事があった。

古くからの付き合いのある近所のおじいさん歯科医は、「歯の表面が磨り減ってしまうのであまり使ってほしくないねん」と電動歯ブラシを否定する。

「昼食の後、歯みがきをしてないんですけど」口腔内科医に言うと、そばで佇む佐々木希が、しまったという表情をした。「自分で磨けるようになったら頑張って磨いてください」

口腔内科は手術前にも受診していて、口の中を見て、手術中に欠けたりした歯はないとのこと。舌がちょっと傷ついているようなことを呟いたが、食事もとれているし問題はない。

口の中を消毒した医師は、洗面所に置いてあるコップを濯いでから水を入れ手渡してくれた。ほらね、男の人でもそうするでしょ、これが普通なのよ。私が神経質というわけではなかった。

眠れない。手術を終えた昨晩に引き続き、さすがに今夜は眠れるだろうと思っていたのに眠れない。きっと双子の血液パックを抱えている限り眠れないのだ。眠ることを諦めよう。そんなことを思いながらいつの間にかうつらうつらと微睡んでいたらしい。点滴を替えにきた音で目を醒ました。「テレビでもつけますか」と看護師さんが言ってくれたが断った。

なんか最近の番組は騒々しいばかりでいけない。『唐辛子になった赤ん坊』の本を開く。倉橋先生の手によるものだ。実は、正直なところ単行本サイズなので、購入してからなかなかページを捲ることすらしていなかった。いつも、透析中はベッドの上で透析の管の繋がれていないほうの右手で、胸の上に置いた本のページを捲っては、また持ち直して読み始めるという動作を繰り返すため、持ち込めるのは文庫本サイズに限られていた。なんか内容はようわからないが、心が落ち着く。東北大震災の話もさりげなく偲ばせてある。ウーン、さすが。こうやって、押しつけがましくならないようなテクニックが倉橋流なのだ。折があったら真似してみよう。

「あれっ、もうちょっとベッドの上のほうに上がれませんか」夜の見回りに来た看護師さんが驚いている。ベッドの背を立てて少しでも動いてしまうと躰がずり落ちてしまい、元の位置に戻れない。いざることが出来ない。そんな簡単なことが出来ない。少しずつズリズリと戻ろうと努力したのだが、少しも身体が動いていない。もう、このままでいいやと諦めてしまい、そこへ倒れ込んだのだった。看護師さんの言う通りにベッドを平にして寝転ぶと、割と動きやすいということに気が付いた。

「おはようございます。ご飯は食べられていますか」柔道部の顧問が来た。声がでかいし、どうも格闘家の、「元気ですかあ」の人のイメージが付きまとう。動いてもいないし、お腹にはコルセットを巻いている。食べろ、食べろって、お腹が張って苦しい。でも、うれしいことに、やっと尻尾が外れた。「うわー、解放されたあ」思わず快哉を叫んでいた。

今日はシャワーの出来る日なので、傷口に防水テープを貼って浴びられるかと思っていたら、そんなに甘くはなかった。

「シャンプーしますか?」佐々木希が訊いてくれた。

「シャンプーしてもらえるんですか?」「出来ますよ」「わあ、うれしい」

以前、入院したことのある眼科でもシャンプーをしてもらったことがある。その眼科の看護師さんは美容師の経験があったのだろう。おそろしくシャンプーが上手で、頭皮を丁寧にマッサージしてくれて心地良かった。長い入院生活だったので、シャンプーの日が楽しみで、その上手な看護師さんが休みのときはひどくガッカリしたのを思い出した。点滴パックがぶら下げられた棒のキャスターを押して、洗面台のあるところまでギュルギュルと派手な音をたてながら病院の廊下を歩く。ベッドから立ち上がるときが一番辛く、最初は股関節が痛いのかと思っていたがどうやら足の付け根あたりが筋肉痛のように痛い。あまりの辛さに手術なんてするんじゃなかった。こんなに苦痛を感じるなら車椅子に乗っていたほうがまだましと、罰当たりなことまで考えてしまった。

今日は娘が来てくれる。手術の日程が1週間前倒しになったので、家族の予定もガタガタになってしまい申し訳ない限りだ。「佐々木希にシャンプーしてもろた」娘に自慢すると「随分と贅沢なシャンプーやなあ」笑い声が弾けた。

「リハビリなら、さっきも来ましたけれど」

いつもならやたらに愛想のいい私が、紺色のTシャツを着た男性に、げんなりとした表情を露骨に見せ冷たく言い放った。

「いや、医大からのではなく別のリハビリなんです。今日はしんどそうなのでまた明日来ます」

そう言って男性は慌てて出て行った。別のって、分度器男子以外にリハビリはいったいいくつあるねん。

血液パックは外れたし、佐々木希にシャンプーをしてもらい清々しい気持ちでベッドの上に起き上がっていたら、翌日、その医大関係でないリハビリ師さんが本当にまたやってきた。

「昨日なんかとは別人のようですね、昨日はものすごくしんどそうにしていて15歳は老けて見えましたよ」お追従で笑ってあげたものだから、調子に乗ってその医大関係でないリハビリ師が2度も同じことを言ったので、今度は本気でむかついた。75歳に見えたってか、言いすぎや。

「病室の前の廊下を歩いてみましょうか」そのお調子者のリハビリ師が言う。

「でも、点滴をつなげられているんだけど」と抵抗を見せると、「大丈夫です」リハビリ師はこともなげに点滴のコンセントを引き抜いてしまった。

昨日、シャンプーをしてもらった後、佐々木希は他の患者さんを入浴させなくてはならないので、「病室へは一人で帰れますよね、帰ったらコンセントを電源に差し込んでおいてくださいい」と言った。パジャマに着替えさせてくれたヘルパーさんといい、点滴に関してはすごく自由。

立ち上がるときの苦痛にくらべ、歩き始めると痛みはましになった。だが、膝が前に出て、くの字型のように折れ曲がり歩き方がたどたどしい。産み落とされたばかりの子ヤギでも、もう少しましな歩き方をするだろう。杖代わりに点滴の吊らされた棒を握りしめて、そのキャスターがキュルキュルという派手な音をたてながら廊下を進む。

第1目標は家に帰り、マンションのエントランス前まで来てくれる透析センターの送迎バスに乗れるようになることだった。2階にある我が家からエレベーターまでが離れていて、少々距離がある。こんなんで一人で歩けるようになるのだろうか。

手術が終わってたった3日で音を上げている。

「透析室へは一人で行けますか」看護師さんに訊かれる。「何とか歩いて行けるかもしれないけど、迷子になっていつ辿り着けるかわからないよ」

この病院はやたらに広いし、方向音痴ときている。看護師さんに車椅子で透析室まで送ってもらう。次は一人で行けるように、よく道順を覚えておく。ガラス扉の入り口には循環器科と書かれていて、扉の左横の足もとにセンサーが取り付けられてあり、その隅っこの四角い穴に足の甲をかざすと扉が開いた。退院の日の透析の最終日に、ここまで一人で来ることになり、よく見ていたことが役に立った。

まず体重を量り、いつもなら靴を履いたままなのだがここでは脱いで計る。というより、いつもの病院なら透析前に血圧と共に自分で計っておくのだが、ここはどれほど増加しているのかさえもわからない。体重が増加した分だけの水分量と、体内に溜まった毒素を透析で抜いてもらう。清潔そうな真っ白いシーツの上に寝かされる。このシーツは毎回、使用するたびに取り替えてくれているのやろか、まさかね。いつも通っている透析センターではシーツ交換は週に1回で、他の患者さんとお布団を使い回し。その共同でお布団を使っている患者さんが風呂嫌いだったら、どうしよう。考えだしたら堪らなくなる。

私は頸椎も痛むので、入院に際して自分の枕を持参して来ていた。一時期、オーダー枕を購入しようかと真剣に考えていたが、通信販売の１９８００円で購入したものが結構いい案配で、ずっと愛用している。

「わーい、花火、はなびぃ」見舞客の子どもが騒いでいる。デイルームの自動販売機の前にも人が溢れている。杖を突いた私はヨボヨボとその自販機に近付いた。「すみません」声をかけ、やっと前をあけてくれた。小銭を投入し爽健美茶を買い、また、杖をついてヨタヨタと病室に戻る。まだ、昼間だというのに患者も見舞客も浮き足だっている。

あの人たちは花火の始まる8時までデイルームに居座るつもりなのだろうか。見舞客の退出時間は確か8時のはずだったけれど。少し意地悪な気持ちが頭をもたげた。

今朝、掃除のおじさんが言っていた。「今晩、８時からマリーナシティで花火があるよ、ここからも見えるんとちがうかな」その話を聞いてちょっと見てみたい気がしていたのだが、マリーナシティはデイルームの方角にあり、部屋の窓からはおそらく見えない。子どもたちの黄色い歓声を聞きながらの花火見物は耐えられそうもなかった。

ベッドに座り、『唐辛子になった赤ん坊』の続きを読む。

ぼんやりとした頭には肩の凝らない本が心地いい。

今日もドクターヘリのプロペラの音が窓越しに響いてくる。屋上に降りるのだろうか、それとも広大な敷地のどこかに降り立つのだろうか。ドクターヘリの救助要請は１１８番だそうだ。こんな情報が役にたった、なんてことがないことを祈ろう。

窓の向こうに見える和歌川が面を所々銀色に煌めかせて和歌浦湾に向かってゆったりと流れて行く。これがバカンスで訪れたホテルからの風景だったら、もっと違ったものになっていただろう。この和歌山医大の敷地内には麻酔を開発した華岡青洲の石碑が建っていたはず。妻の加恵を臨床実験した話は有名。彼らのおかげで私も何の痛みも感じることなく、手術を終えられたのだ。

抗生剤の点滴の管が折り畳まれて指先のない手袋のような形をしたネットで、手の甲の部分にくるまれている。だから動きはかなり自由になったのだが、点滴の針は刺したままになっている。まだ点滴をする予定があるということだろう。

手を洗うたびに生年月日と名前の書かれたリストバンドが濡れて、その内側を入念に拭わなければ気持ちが悪かった。

私は指が浮腫んで抜けなくなったことがあり、それから結婚指輪をしなくなった。それまでは手を洗うたび指輪を外し、指先と指輪の内側を丹念に拭っていた。

指輪をしなくなると、その拭うというそれらの儀式から解放され何と快適なことだろう。

いつから結婚指輪を送り合うようになったのだろう。

やはり、戦後、生活にゆとりが出来るようになった頃からのことだろう。


手術後、5日目の日曜日。

夕ご飯を運んで来てくれたヘルパーさんに計っておいた血糖値を報告する。それによって打つインシュリンの量が変わってくる。「インシュリンを何単位打つのか、看護師さんに聞いてみらあよ、食べやんと待っちょってね」とヘルパーさんは姿を消したきり戻って来ない。30分が経過した。

さては、他の患者さんに用事を頼まれるか何かしている間に忘れてしまったのに違いないと、ナースコールを押した。

『聞いて来る』って言ってたよね、ごめんなさい」先ほどのヘルパーさんが顔を覗かせた。

少し息を弾ませて、打つインシュリンの単位数を告げてくれた。そのときに可動式のテーブルの上に置かれた、手つかずの食事が入ったトレイの上に、あろうことか、そのヘルパーさんが手に持っていた薄汚れたタオルを置いた。それは無意識のことだったようで、よほど疲れていたのだろう。一息つくと、何も言わずにまたそのタオルを摑み上げ、部屋を出て行った。

「何で、何でなの」それらがとても不潔なことのように感じられ、思わず呟いていた。

入院患者が些末なことを気にするようになりだしたら、退院する時期なのかもしれない。いつも夜には病室を訪れる担当医師だったが、さすがに今日は来ないだろうと思っていたら現れ、ベッドの横に佇んで言った。

「週明けくらいに退院しますか」起き上がっていた私はヤッターと小さくガッツポーズをした。

「火曜日なら娘が車で来てくれることになっているので都合がいいのですが」と勝手なことを言う。「月曜日が祝日なので丁度いいですね」担当医師は応えた。

だが、私には少し不安があり手放しでは喜べないものがあった。

「でもね、先生、なんか歩き方がまだ頼りない感じで、こちらでしっかりとリハビリをして行ったほうがいいのかしれないとも思うんです。それとも日々リハビリで、早く日常生活に戻ったほうがいいのかとも考えたりもするんです」いつもならやっちゃった感の強い私なのだが、珍しく慎重で弱気になっている。「ぼくは後者の意見です。いくらここでリハビリを頑張ってやっていても、家に帰ってじっとしていたら同じことですよ」担当医師の言葉で私の気持ちが決まった。

「リハビリ師さんが来週からの日程を組んでくれているみたいなんですが、かまいませんか？」

「ああー、それはいいですよ」なんか先生の反応も冷たい。

どうもこのリハビリ師さんはこの病院スタッフに軽んじられていて、あまり歓迎されていないという立ち位置がはっきりと見えてきた。手術後にリハビリを進めていってもあまりよくならない患者さんを、退院後に自分の整骨医院へと勧誘するために来ているのではないか、そんな想像を膨らませた。かくして手術してから7日目で、退院の日を迎える運びとなった。

今日は7月17日の月曜日。『海の日』で祝日。

昨日今日とリハビリも透析もお休み。2日間、何もしないのに個室に入院しているのも勿体ないような気がする。洗濯物は娘が見舞いに来るたびに持って帰って洗ってくれている。私の入院には慣れっこになっていて、娘は小学生のときから経験していた。

ところで『海の日』はいつ頃制定されたのだろうか。祭日であろうが休日であろうが、透析は休みなしにあるので興味がなかったのだが、暇なので携帯で調べてみたら、何と平成7年に制定されていたという。

私が小学生の昭和40年の頃は祝日になると、父が玄関先に日の丸の旗をはためかせたポールを立てかけていた。板張りの家の外壁に赤く塗られた金属で出来た郵便受けがあり、その手前にポールを差し込む金具を取り付けてあった。そして、その黒と白の太い縞々のポールは少し斜めに立てかけられ、道端の方に国旗がなびくようにしてあった。これは水戸に住んでいた小学生の頃までのことで、中学生だった都城ではやっていなかったような気がする。都城に引っ越したとき、しばらく母方の祖父と同居していたことがあって、やらなくなったのはその頃からだったような気がする。


「ご飯は食べられていますかあ」ウイッスと返事がしたくなる。

柔道部の顧問は退院するというその日まで、食事の心配をしてくれるが、出されたものを全部食べていたら太るってば。毎回訊かれる痺れの度合いも、「痺れている箇所が以前の箇所とは違うので、比較しにくいです」初めての抵抗を見せた。威圧的なもの言いをする彼がたじろいでいる。ハ、ハ、ハ、おもしろい。私、かなり元気になっている。担当医師も退院を急がせるはずだ。

循環器科へ歩いて向かう。デイルームの前を通り過ぎてその前のエレベーターには乗らず、もう一つ先のエレベーターに乗る。ここは8階なので階下へのボタンを押し、待つことしばし。見舞客の人たちなのだろうか。開いた扉の向こうはぎっしりと埋まっている。大病院は人の移動までがおおごと。やり過ごし、次のエレベーターを待つ。4階で降りて床にモップがけをしている清掃員さんを捕まえ循環器科の場所を教えてもらう。丁寧な物腰のおじさんにお礼を言い目的の場所に辿りつく。

ベッドの頭側のちょうど顔の真横に透析の器械が置かれ、両隣の患者さんとの目隠しになりプライバシーが保たれている。この配置は以前、母が脳梗塞で倒れたときに透析を受けた都城の医院でも同じだった。

現在、通っている透析センターでアンケートが実施されるたびに、私はこのことを提案してきたのだが、受け入れられる様子はない。透析中、身体が痛くなったので横を向いたら、隣の男性患者さんと見つめ合うことになり、具合の悪い思いをしたという話を聞いたことがある。

透析センターのベッドの配置が悪いのだ。病院側の人間は頭が固いし、やり方も古い。実際にベッドに数時間横になってみるといい。それで何も感じないのなら余程感覚が鈍い。テレビも、透析センターのようにベッドの足元の上方の壁際に取り付けられているのをリモコンで操作するのではなく、直ぐ目の前に可動式のテレビがあり、直接画面に触れることができる。だから人の操作したリモコンが他の人のテレビに反応することもないので、テレビを見ていると急にチャンネルが変わるなどという、怪奇現象も起きない。目の悪い私にもよく見えるし、枕の位置を高くしなくてもいい。「テレビが見えにくいからベッドの頭のほうを上げて」と血圧の低い患者さんに言われ、頭を上げると余計に血圧が下がるので、看護師さんは苦慮している。

透析をしてないほうの右腕には自動血圧計が巻かれ、一定の時間がきたら勝手に計ってくれる。血圧を測るたびに就寝中を無理やり起こされることもなく、男性看護師が女性患者の胸を触っておいて、血圧を測るときにうっかり触れてしまったなどという白々しい嘘も通用しなくなる。

この医大でする透析はこれが最後で、午後には退院。

事前に連絡しておいた透析センターへは通常通りまた明日から通うことになる。

ここが2日間休みだったので、2日続けて透析を受けることになった。ただ4時間、じっとベッドで寝ているだけなのに明日も透析か。しんどいなあ。でも、娘の言う通り、透析患者は国民の血税を使って生かされているのだから、文句を言ったら罰があたる。

黄色靱帯骨化症という胸椎の病気は遺伝性のこともあり、父が腰の手術をしても良くならなかったのは、案外これだったのかもしれない。このことを近所の車椅子で暮らしをしている母に言うと、「私もそうなのかしら」と胸元を押さえた。「お母さんは脳梗塞の後遺症だから」足が痺れているのはわかるが、何でも母は自分と結び付けてバカみたいなことを言い出すので内心イライラする。入院する前に母に事情を説明しに行ったときは、早世した福岡に住んでいた従兄の話を持ち出してきた。「白血病で60歳のときに亡くなったのよね」「嫌だ、死んだ人の話を今しないでよ」泣き出したいような気持ちになった。生死をかけた手術に臨もうとする娘に言うこと。無神経というより、何も考えず自分の知っている知識の範囲内のことを口にするようなところがあり、それらの知識がないなら、わからないのなら黙っていたらいい。母が不安に思うといけないので、手術のことは軽く言っただけではあったが、これでは重い話をしていたところで同じことだっただろう。

40年前の昭和50年頃、泉大津に住んでいた父が腰の手術をしたとき、母は忙しくて仕事を休めないと言い、父は一人で手術に臨んだ。手術後、父の面倒を見てもらうよう頼んでおいたヘルパーさんから母の仕事場に電話があり、その後、私の勤務先に母から連絡があって近くの駅で待ち合わせた。ヘルパーさんから父が危ないと聞かされた母は動揺していた。たとえ家庭内別居をしているつもりだったとしても、なぜ一人で先に駆けつけなかったのかと思った。

ところが病院の父は元気そうにしていた。入院病棟は6人部屋で患者さんの一人が、「手術に付き添わない家族なんてあるんか、ちょっとヘルパーさん、『旦那が危篤や』て奥さんに電話して驚かしたり、電話番号を聞いているやろ」そういうことだったらしい。

私も数回、見舞いに行ったが、そのたびに同室の患者さんにいつも戴きっぱなしだから配るお菓子を買って来てほしいと頼まれた。そこまではよかったのだが、行くたびにベッドを回り一人一人に、「父がいつもお世話になっています」と毎回挨拶をしてくれと言うのには辟易し、足が父の入院先から遠のいてしまった。そんなことがあってから母は見舞いには行っていたようだが、それから2、3年して、父がまた手術をすることになった。その術前の医師からの説明を、また関知しない母に代わって父と一緒に私が聞くことになった。

父は前立腺肥大手術の説明を未婚の私に付き添わせたのだ。

「お父さんのはもともと大きいそうなんだ」

そないなこと娘に自慢してどないするねん。

父のこんなところがたまらなく嫌だったが、母が逃げている以上、放っておくことも出来なかった。

この入院の話で思い出した。平成2年に両親が泉大津から故郷の都城に引っ越した。それから数年たったある日のこと、母が自宅の向かいにある整形病院のスタッフに車で接触され腰の骨を折り、そこの病院に入院した。そのとき、たまたま実家に私が電話した。電話に出たのは父だったが、たいした用もなかったので母に取り次いでくれとも言わずに電話を切った。父はそのとき、母が事故にあって入院しているということを言わなかった。

母は病院のベッドで、事故にあったときに着ていたニットのタートルネックのセーターのままで1週間過ごしたと言う。その話を後日、母から聞かされた。

「そのとき、お父さんは動いてくれなかったの」「もう、全然ダメ、ボンヤリとしちゃって」

父も高齢だからなと思った。でも、あの時、父が私に伝えていたなら透析も始めていなかったし都城へ飛んで行っていた。

今、考えると自分がされたことへの復讐をしたのではないかと少し疑ってしまう。お父さんもなかなかやる。母の悪口を決して口にしない父だったが、「最近になって、お母さんあっちが痛いこっちが痛いって言っている。少しは人の痛みがわかっただろう」と電話口でこぼしたことがあった。その痛みをわかっているんだから、お父さんが労ってあげてと思ったが、それまでの仕打ちを考えればムリというもの。

母に、そんなに嫌ならどうして離婚しなかったのと訊いたことがある。そうしたらお父さんはあなたたちのところに行って迷惑をかけてしまうからなんて、また自分が犠牲になっているような言い方をして、自分が踏み出せなかったのを人のせいにしている。でも、この質問は父に投げかけるべきことだった。おそらく父の人生に離婚という言葉は存在しなかったのだろうが、一緒に信心をしてくれる人と添い遂げたほうが幸せだったのではないだろうか。

母とは子どもの頃から仲良くやってきたつもりでいたが、近くに住んでみて、これほど反りが合わないとは正直思わなかった。今回の入院に際してますますそれは大きくなった。よくボタンの掛け違いなどと言うが、母と私はそのボタンとボタン穴の大きさが違っていて、もともと掛からないボタンを一生懸命掛けていたような気がした。

年に1度、一緒に旅をするくらいの関係が良かったのかもしれない。お土産に何かしらの不快な気持ちを持ち帰ることがあっても、そのときのことだけだ。

夫と結婚して3年目の昭和61年、私の最初の入院は娘を出産するときだった。切迫早産になり、2カ月前からの入院となった。普通分娩で出産する予定だったが、陣痛が微弱で8時間後に帝王切開となった。

その当時から手術、入院生活に付き合ってもらって、夫には申し訳ない限り。不出来な妻をもらったばかりにとんだ貧乏くじを引かせてしまった。夫の気が利かないなどと言えた立場ではない。透析患者の中にはご主人が早期に退職して、病院への送り迎え、上げ膳据え膳で食事まで作ってもらっている人もいる。その患者も、腰が痛い、足が痺れると言って、最近では車いすで移動するようになった。人間、甘やかされると、どんどんそれに頼ってしまう。

少しくらい厳しい家族のほうが本当はありがたいことなのだ。

目標をもってそこに向かって進む。

しばらく手放せなかった杖にもさよならでき、家族のための夕飯作りに勤しんでいる。主人が会社に持って行く弁当まで作っている。

退院して数か月後に難病認定から外されて、和医大の担当医師から完治のお墨付きをもらった。病気を見つけてくれた医師、手術をしてくれた先生、私を支えてくれた家族、友人に改めて感謝の念を伝えたい。

私、ただいま透析中

消えたカルテ

いっそのこと、死んでしまったほうがいいのかもしれないと考えたことがある。

市民病院からの帰り道でのこと。車の往来の激しい道路の白線だけで区切られた歩道を歩いていた。スピードを上げて横を走り抜けて行く車のどれかが、自分をひいてくれないかなと物騒なことを考えた。

糖尿病が悪化して合併症の網膜剝離になり、手術をしたけれど左眼の視力を失い、右目も手術をしなければならないと医者から告げられた。しかし、糖尿病患者は手術をしてもいい結果を得られないので手術はしないでおきましょうとも言われた。

失明するのをただ待たなければならないのだ。

それより1年前の平成12年頃のことだ。

検査のために手術前に入院し、入院病棟の風呂に入った。

シャワーが3つほど取り付けられた風呂には先客がいて、私と同年代の女性だった。

同じ網膜剝離で眼科に入院していると言う。でも糖尿病患者には手術をしても効果がないと、尾木先生に告げられ手術はしないということだ。

風呂から出て看護婦詰め所に担当の看護婦の姿を見かけたので、風呂場で聞いた話をした。

「尾木先生、糖尿病患者さんは手術をしても結果がようないから普段は手術されないんやけど。そう、その尾木先生が手術してくれるって、よかったね」

そんな会話があって、翌日の手術に臨んだのだった。

手術は8時間に及んだ。

クリップで固定し、見開いたままの状態の左眼にメスが近付いてきた。メスを入れた、その瞬間、目の中を一気に血が溢れ出すのが見えていた。それまでも網膜が剥がれ、滝のように上から下へと流れていく血が眼の中に見えている状態だった。そんな眼をレーザーで固定する治療を今までしていた。

ポン、ポン、ポ……。「ああ、また止まった」初老の尾木執刀医の声がした。

何に使われているのかわからないが、エアーポンプのような物の調子が悪いらしい。

こんなんで手術はうまくいくのやろか。私の心に不安がよぎった。

「くっそ、見えへんな、ちょっと代わってくれへんか」とうとう執刀が別の医師に代わった。

えっ、手術の途中で医者が代わるなんてことがあるの、それに見えへんて、何？　院長先生だという尾木医師だから手術を依頼したのに、これでは話が違う。でも尾木先生の頭髪はだいぶ白くなっていて、高齢のために目が見えにくいのかもしれないな。そんなことを手術手術中に考えていた。麻酔は眼の周りだけにするから、手術中の医師たちの会話が全部聞こえてくるのだ。

眼の奥にある網膜を固定するために、本来なら眼の中に空気を入れるのだが、今回はオイルを入れてみると言う。手術後、やはり状態がよくないと言うので、またそのオイルを空気に入れ替えた。これでは人体実験。

手術が終わってから俯せの姿勢を10日間続けた。

食事をするときもトイレに行くときも俯いて、決して顔を上げなかった。就寝のときももちろん俯せ寝。順調に回復したいがゆえの忍耐。

眼科病棟は脳外科と一緒の6人部屋だった。

ベッドでずっと俯せになって寝ていると、足元のほうで患者同士の口喧嘩が始まった。

「隣の部屋の山田さん、私の持っているキティちゃんのタッパーを欲しがるねん」やや高齢の女性が言うと、「河合さん、いつもそんな見せびらかして自慢するから、山田さんも孫のためにキティちゃんが欲しい言うねんで」脳梗塞で入院して来た私よりやや年上の女性の声。そんなに興奮して大声を出して、また脳梗塞が再発するのではないかとハラハラしていた。

「そんなこと知らんもん」

河合さんという患者は確かに自慢話が多い。彼女の息子さんが大手の進学予備校を経営しているということを、入院してまだ3日目の私が知っているくらいなのだから。

「山田さん、ほんまは孫に買うてあげたいけど、生活保護を受けているから買うてあげられへんのや、それを河合さんが見せびらかすから」脳梗塞の女性が涙声で言う。とそこへ、もう一人の女性患者の声がした。「まあ、鈴木さんも、そんなに興奮すると躰に触るよ」そう言って河合さんを病室の外に連れ出したようだった。そう、そう、躰に触る。脳外科の入院患者は元気。

それにしても患者同士、お互いの事情にやたらに詳しいのは入院が長く何度も入退院を繰り返すうちに、そうなるのだろうか。

10日後、私は俯せ寝からやっと解放された。

河合さんが退院して行き、替わって入院してきた少し若い女性患者のご主人から、から焼きの差し入れがあった。小麦粉を焼いただけの物にソースがかけられて、温かくて美味しかった。それをパクついているところを担当の看護婦さんに見られてしまい、そんな細かいことまでが報告されるのか、「おやつを食べ過ぎないように」と回診の尾木先生に笑いながら注意された。

斜め向かいのベッドに、僅かばかり視力ののこる患者の荒木さんがいる。

私より、10歳ほど上の彼女は看護婦さんを呼ばずに一人で病室を出て、廊下の左手にあるトイレに行き、戻って来たときは手探りで自分のベッドを探す。間違えて1つ手前のベッドに入り込んでしまい、そこに寝ていた脳外科の患者さんが、「ひゃー」と驚きの声を上げ、大騒ぎになるところだった。

それを見ていて慌てて荒木さん止めようとしたが、すぐに気が付いてもうひとつ先のベッドに無事生還できた。間違えられたベッドの患者は、「何なん、けったいやは」といつまでもブツクサ言っていた。目が悪いのやから堪忍したってと思ったが、相手も脳に障害があるのかもしれなかった。荒木さんはやはり私と同じ尾木先生に手術してもらったと言う。

野球をテレビで見るのではなく聞くのが大好きで、贔屓の阪神が得点すると、手を叩いて大喜びする。そんな陽気な荒木さんだが、あるとき、「こんな見えんようになってしもて、いっそのこと電車にでも飛び込んでしもたほうが、ええわ」と大きなため息をついた。「そんなこと言ったら、アカン」私は慌てて制した。

ところが病室の廊下でその話を聞いていた担当の看護婦さんは、何を勘違いしたのか、私が死にたいと言っていることになってしまっていたようだった。

次の回診のとき、尾木医師がしきりに言った。「そのうち見えるようになるから。絶対、見えるようになるから」呪文のように繰り返される言葉を聞きながら、ははん、病室で私が死にたいと言っていると勘違いした看護婦さんから報告を受けているなと思った。

夜の巡回の看護婦さんは、私のベッドの回りを仕切ってあるカーテンを開けて覗き込むという徹底ぶり。だから、死にたいと言ったんは荒木さんで私と違うって。


脳梗塞で入院していた鈴木さんが、家の工場で作ったというピンクと白のタオルをくれた。今日退院するそうだ。

「あんたが一番偉かったなあ、何があってもずっと下向いて俯せになったままでよう頑張って」

鈴木さんが褒めてくれた。いや、それが治療と言われたもんやから。そう思いながら、タオルとともにその言葉を有り難く戴いておいた。

「そのうち見えるようになるから」退院のときまで尾木医師の呪文が続いた。

だが、結局、左目の視力は回復しなかった。


家に帰り食べた物をすべてもどすようになり、その症状を病院に電話すると直ぐに来院してくれとのこと。眼科で再受診すると、眼圧が異常に高く緑内障に移行しているということで、緊急手術を受けた。その後、また入院。結局、そういうことが3回繰り返され、そのたびに辛い俯せ寝を強いられたが、結果は変わらなかった。私は左目の視力を失ったまま退院した。

「このままでいくと残った右眼も危ないけど、糖尿病の人は手術してもうまくいかないだろうからそのまま保存しときましょう」と尾木先生から匙を投げられた。

退院後、定期検査へ行った病院からの帰り道でのことだ。

失明して生きていくのも難儀やな、家族にも迷惑かけることになるし、生きていても厄介やな。そのとき思っていたことは生きていたくない、それればかりだった。阪神ファンの荒木さんが「死にたい」ともらしたときには咎めるような口調だったが、同じ立場になれば同じことを言っている。人間とはこうも弱い生き物なのだ。

その後、左目の手術をしてもらった尾木先生が市民病院を退職されることになった。いよいよ見捨てられてしまう。「尾木先生に診て戴きたいときはどうすればいいのですか？」必死だった。

「もう、ぼくは何もしてあげられることはないよ、でも、どうしてもと言うなら泉北の方で開業するから」そう言って、全幅の信頼を置いていた尾木先生は病院を去ってしまわれた。

代わりに赴任して来られた朝比奈先生に右眼の手術を強く勧められたが、左眼のときのことがあって尻込みした。それに前の尾木先生とは正反対なことを言われた戸惑いもあり、そのことをそのまま伝えた。朝比奈先生は驚きを隠せないといった表情で訊いた。「誰がそんなことを言ったのですか？」私はありのままを伝えた。

近大付属の眼科を試しに受診してみると、「網膜剝離の手術が出来る医者はそう多くないので、その病院でやってくれるというなら、今すぐにやってもらうべきです」厳しい口調で言われた。

この先生の言葉がなかったら、朝比奈先生の勧めがなかったら、おそらく手術をすることに踏み切れず、今頃右目の視力まで失い完全に失明して闇の中をさまよい、不穏な考えだが自分で死を選ぶことすら出来ずにいただろう。

朝比奈先生にお願いした手術は成功し、網膜の上部がすでに剝がれていたために視野が狭く視力の低下はあるものの、日常生活には困らない。死んでしまいたいなどと愚かなことを考えた私は朝比奈先生の言葉によって生きる力をもらったが、きれいごとでは終わらなかった。

「今回の手術は早く決断されましたね」糖尿病を診てもらっている同病院の内科の葉山先生から言われた。前回の左目の手術のスタッフだったという、彼と同期の眼科医が、「前回の尾木先生のときの手術はすでには手遅れだったんだよ」と聞いたと言う。

そのことを私に告げた後、葉山先生は、「大学病院へ帰ってもう一度勉強をやり直すんです」と退職された。おそらく内部告発をした彼へ上からの圧力があって、大学病院に戻されたのだろう。大きな病院には同じ大学系統による派閥が、どこの病院でもあるようだ。

そんなことがあって、念のために今までの眼科での診察、手術の全てのカルテのコピーを取り寄せ、フィルムのネガまで焼き付けてもらった。その分厚い本、1冊分になるコピーは茶封筒に入れたまま、しばらく棚の奥深くにしまい込んでおいた。

数年たってそれらを取り出して見てみると、朝比奈先生の手術のカルテのコピーばかりだった。

何と3回も手術をした尾木先生のカルテのコピーは1枚もなかった。尾木先生は退職するとき全てを持ち去られたのだろう。自分の医者としての働きに疚しいものがないのなら、そんなことをする必要などどない。その行為は自分のミス、失墜を認めたことにはならないだろうか。

入院した初めのうちは白内障の患者に付き添うおばちゃんに、「院長先生に手術してもらうんやったら、いくらか包まんとあかんのやない」と言われた。

実家の父が腰の手術をしてもらったとき10万円包んだというのを思い出した。

「尾木先生、受けとらんのとちがう、それにそんなもん、どうやって渡すの？」私が訊くと、

「診察室の中で尾木先生と二人だけになったときに渡すんよ」そんなアドバイスをもらった。

診察室で尾木先生と二人きりになるチャンスを窺った。看護婦が診察室を出て行くときを見計らう。今だ。そんなシチュエーションも試みた。なるほど、他の患者はこういうときに、尾木先生にそっと謝礼を渡しているのかもしれない。

だが、私は何もしなかった。しなくてよかったと思った。

透析始めちゃいました

「血液は何型？」「O型です」

占いでもしてくれるんかな、さすが慌ただしい市民病院の雰囲気とは違うわ。

長患いの糖尿病の合併症で腎臓も悪くなった。こんなデータやったらここではよう面倒みんから人工透析のできる病院を紹介すると言われ、やってきた診療所での院長との会話である。

平成17年のこと。

「お母さんはお元気ですか」「はい」両親は宮崎の都城に住んでいる。

「お母さんの血液型はわかりますか」えっ、占いにそんなんまで必要なん。

「いずれ透析するようになったとき、もしお母さんがお元気なら腎臓移植という方法もあるということを心にいれといてください」何や、そういうことか。「今から、その話をお母さんにしとかはったらどうですか」

まだ透析すらしていないのに腎臓移植やなんて、どんな風に言ったらええのやろ。

「お母さん、腎臓ひとつちょうだい」そんなことよう言わん。

左耳の中でゴボッ、ゴボッと、潮が満ちてくる感じがあった。ここは海の中ではなく、まして水などあろうはずもない自宅のリビング。

しばらくするとテレビの音が遠くなった。

やがて床が、壁が、ソファーが、天井も回り出した。家人に訴えても困惑した表情を浮かべるだけ、這うようにしてベッドに横になる。

目を閉じた暗闇の向こう側も回っていた。

インターネット検索した夫が、「どうやらメニエール病らしいよ」と伝えにきたが、そんなことわかっている。今日は日曜日で病院も開いてない。どないもならん、ただひたすら目を瞑る。

一睡もできずに夜を明かし、朝になって少し微睡んだ。出勤の用意をすませた作業服姿の夫が心配そうにベッドの私の顔を覗き込む。もうそんな時間かと思いながらまた眠ってしまった。できれば病院に連れて行って欲しかったんやけど、やっぱり忙しいみたい。ここのところ連日帰宅時間が遅いので無理も言われへん。

昼前に起きたが目眩は収まりそうもなく、タクシーを呼んだ。

腎臓が悪いので使用できない薬もあろうかと、取り敢えず通院している病院へ行く。車のソファーに浅く腰掛け、前の座席に取り付けられた手摺りを強く握り締める。悪路でもないのに身体が前後左右に揺れる。

タクシーを下り、地面に足を着けても揺れは収まらず、確かに地球は廻っているんや、そんなアホなことを考えた。

結局、その病院から耳鼻科に行くことになった。そのとき、なぜか病院の玄関まで車椅子に乗せられたのだが、院外ではひとりで歩くことになるのにたいそうなと思った。院内で転倒して怪我をされてもかなわんからやろな。

耳鼻科は下が駐車場で2階まで階段を上がらなければならない。なんぎや。下りるときは年配のベテラン看護婦さんが私の腕を支えてくれた。その外階段にも順番を待つ患者で溢れかえっていた。

やがて目眩は収まったものの、左耳の中で精密機械が絶えず作動しているようなキーンという金属音がして、聴力が弱くなった。まあ、はなから人の話はあまり聞いてへんかったのやけど。

食事療法を4年間続けて人工透析を免れてきた。昨年はタンパク制限食品を携えてループル美術館近くに宿をとり、オルセー、マルモッタン美術館でも絵画鑑賞を楽しんだ。

それでも腎臓が悲鳴を上げ、とうとう人工透析を受けることになった。

医者が言った。「初めから透析をやっていてもよかったんだけど、自分を納得させるための4年間だったんだよ」確かに毒素の溜まった躰は吐き気と格闘する毎日だった。

これから週3日は病院のベッドの上。これじゃ、近場にしか遊びに行かれへん。ああ、つまらん、でも、まあ、今までさんざんおいしい思いしてきたんやからと自分を慰める。国内にもたくさんいい所あるんやからと自分に言いきかせる。

何か人生終わったみたいと少々悲観的になった私。

透析の旅

平成25年10月末。

今、石垣島に来ています。そう、沖縄よりもっと南の島です。以前、お話しましたよね。「海外旅行では旅先で透析を受けながら廻れるツアーがあるんですって」すると、「海外で透析する前に日本のどこかで試してみたら」とおっしゃった。

それもそうだなって思ったんです。そのとき私の頭にパッと浮かんだのが、30年前までは、毎年のように訪れていた石垣島だったのです。

夫の趣味が蝶のコレクションだったこともあり、希少な蝶に出会えるといつも喜んでいました。でも、娘が極度の虫嫌いということもあり、いつしかたち消えてしまいました。

関空から石垣島までの激安チケットは、ピーチ航空で販売していることは知っていました。関空・石垣往復で何と13700円。インターネットで調べてみたら、石垣島には徳州会病院もあって、旅行透析を引き受けてくれるとのことです。

いつもなら娘に付き合ってもらえるのですが、彼女は海が苦手。サイパンで海に潜ったとき、ダイバーのおじさんが魚たちに餌をやっておびき寄せてくれたのですが、その魚たちに躰を突かれ、そのときから海が嫌いになってしまったみたいです。それに私としてもいつまで付き合ってくれるかもわからないので、一人旅に慣れておくのもいい機会かもしれません。

格安チケットが取れたら行こう、そう決意しました。航空券は夜中の12時からのネット販売なので、いつも11時にはベッドに潜り込んでいるのですから。「私、起きていられるかなあ」と声を出したところ、「お母さん、うちがとっとこうか」娘の言葉に甘えて、チケットはゲット出来た次第です。後は病院から近いホテルを探して。インターネットって本当に便利ですね。

南海電車の関空駅から専用バスに乗り、これは2週間ほど前に福岡へ行ったときに予習済みです。航空会社で荷物を預けるにもどっちみち料金がかかるということなので、あらかじめスーツケースは送っておくことにしました。

ピーチ航空を利用している人は若い人ばかりで、大きなトランクを抱えてバスのステップや飛行機のタラップを軽々と上がって行くのです。私は自分の身一つ上げるだけで、へェ、へェ。これはやはり若者向けの飛行機だなと痛感しました。

以前は沖縄で今にも墜落しそうなプロペラ機に乗り換えたのですが、今は関空からの直行便で3時間もかからないのです。

石垣空港に着いて、まず八重山そばで腹ごしらえ。麺は私好みではなくパサパサとした食感で、上にのったお肉は美味しいんだけど、量の多いこと。啜ってもすすってもなかなか減らないんです。そう言いながらデザートに、『ミルミル本舗』のシャーベットは忘れません。

空港からホテルの近くの停留所までバスに乗りました。

ホテルは朝食だけで、昼夕食が付いていません。どこかで晩ご飯を仕入れて来なければなりません。事前に調べておいた『ココストア』のコンビニが近くにあるはずなのに、ホテルに辿り着くまで何もありませんでした。

ホテルで自転車を借り、26インチの自転車はサドルを下げても背の低い私の足が地面に届かず、その上、ちょっと海にも行ってみようと思ったものですからビーチサンダルを履いて来てしまって、危険なことこの上ない。ケガだけはしないように慎重に、慎重に。ややこしい所は自転車を押して歩いて、かえって自転車がお荷物だったような気がします。

ANAホテルに隣接する真栄里ビーチは、「えっ、石垣島って、こんな感じだったっけ？」と少々がっかりしました。今の石垣空港は今年の三月に開港したばかりで、ここからバスで20分くらい東にあります。それ以前の空港はこの近辺にあったようです。

今は10月も末の事で風が強く冷たくて、海に入っているのは一人の青年だけでした。

珊瑚のかけらや石のゴツゴツした砂浜に腰を下ろし、前はこの島で星の形をした砂を拾った記憶があったのですが、やはり時の流れはいろんなことを塗り替えてしまうみたいです。

空港で買ったソーセージとハムのあいの子のようなスパムと、卵焼きが挟まったお握りを食べました。これもボリューム満点です。

『ココストア』でサンドイッチやヨーグルト、飲み物などを仕入れてホテルに帰りました。

風呂あがりのオリオンビールはすっきりとした喉ごしで、アメリカ軍の支配下にあった影響でしょうか、ちょっとバドワイザーに近い感じです。

昭和40年頃、水戸の小学校のとき、クラスメートに玉城くんという男の子がいて、その頃流行っていた切手集めでいつも外国の切手を持っているのが羨ましく思ったことがありました。

「沖縄のおばあちゃんが送ってくれる」と玉城くんが言っていて、日本の中にある外国が何とも不思議で謎めいた土地でした。そう言えば短大のときに、与那国島と石垣島出身の友人がいて、石垣島の子は今、山口県の人と結婚して、そこで美容サロンをいくつも経営しています。

短大に入学した頃は真っ黒で本人も気にしていたのですが、日を追うごとに色白に変身していき驚きました。やはり、お日様の威力はすごいです。

いつもなら観るものがないときはテレビはつけないのですが、ホテルの一人の部屋は静かすぎます。ＮＨＫと教育テレビ、民放の３社が映ります。

明日は透析なので、やっぱりもう寝ます。

お休みなさい。


ホテルから徒歩で5分くらいの所にある石垣島徳州会病院の透析室は広く、可愛らしいピンク色の布団カバーとシーツが明るい雰囲気を醸し出しています。隣のベッドの間に棚のようなものが置かれ、まるで個室のように区切られプライバシーが保たれています。

ここは8時半から9時半までに入室したらいいのです。岸和田では時間が決まっていて、透析患者が一斉に入室するので、ベッドの上に寝てから針を刺してもらうのに30分も待たされるようなことがあります。患者の苦情が飛び交い、あまり穏やかな雰囲気とは言えません。入室の時間をずらしたらいいように思えるのですが、午後からも同じベッドを使う患者がいるためそうもいかないようです。

ここの病院でも透析を始める前に、更衣室でパジャマに着替えます。女性患者の使っているロッカーが7個。岸和田の診療所のロッカーは１００個。これだけでここの病院がいかにゆったりとしているのかがわかります。それでいて看護婦さんの数は変わらなくて、岸和田の病院は忙しすぎるので、岸和田の看護婦さんたちが気の毒に思えます。

ここの病院で担当してくれる看護婦さんは6年前まで大阪の平野に住んでいて、ご主人の仕事の関係で石垣島に移り住むようになったそうです。「こちらは住みやすいですか?」「ええ、いい所ですよ、ただ、台風のときは物資が届かなくなるんですけど」

なんて会話を楽しみながら透析を受けました。

夕べ、ビールを飲んだりして水分を取り過ぎて体重の増加がいつもより多いので、通常は3時間透析のところ、今日は4時間してもらいます。ドライウエイトという基になる体重がそれぞれの患者に決められていて、どの患者も尿が殆ど出なくなっているので、増えた水分量だけ透析で抜くことになります。私の場合3時間透析をすると、体重で2・1キロ、水分量で言うと2・1リットル抜けます。4時間で2・8リットル抜け、それ以上だったら身体に残してお持ち帰りし、また翌日、透析に来なければなりません。

明日はシュノーケリングをしようと思っていたのですが、看護婦さんの話によると雨天らしいので、「離島巡りに行かれたらどうですか、バスで廻るので雨に濡れることもないですよ」と勧められました。

以前、夫とこちらに来たときも観光をしたことがありませんでした。どこへ旅行しても、その土地の歴史や風土には何も興味がなかったのです。きれいな海で泳ぎ美味しいものを食べられたら、それだけで満足でした。それが原稿用紙に向かうようになって、ちょっと考えが変わったみたいで是非行ってみたいと思いました。ホテルから離島巡りの予約をしよう、そう考えながら家から持って来た池波正太郎の時代小説をひろげます。以前書いた『ぼた姫』の続編の資料になればと思い、あのときは『金色夜叉』の古くさい言い回しや、NHK大河ドラマ『平清盛』を参考にしました。源頼朝役の岡田将生が何とも男前でうっとりしました。

透析が終わり会計で支払いをすると、何と7000何がしか請求されました。

しまった、いつもの病院での支払いと同じようなつもりでいて、お財布にはそれほどのお金を入れてきませんでした。事前にインターネットで調べたとき、海外で透析するときは先に何万円か支払い、後から還付されると書いてあるのを見ていたのに。明日の離島巡りをして後2回、透析の支払いをしたらお財布が空になります。ホテルと飛行機代は事前に払い込んでありますが、食事抜きになるのはつらいです。昨日、石垣島で唯一と思われるショッピングモールで冬服を買ってしまい、旅行のときはクレジットカードさえあればと現金を持ち歩くのはかえって物騒だと思っていたのですが、それもこの島では通用しません。

サトウキビ畑を右手に見ながらひたすら歩いて一番近い郵便局を目指します。

用事をすませ局員の男性に訊ねました。

「この近くに銀行のATMはありませんか」

「大きな銀行だったら提携していますから、ここの器械にカードを入れてみてください」

私の持っているカードは池田泉州銀行。

地方銀行でもいけるのやろか、もし、引き出されへんかったら、郵便書留で家からホテルに送ってもらわなあかん、この島はいったいいつの時代やねん。おそらく昭和初期の頃の学生はこんな感じで田舎に無心していたのではないだろうかと想像しながら、郵便局の入り口近くにある器械にカードをおそるおそる差し込みました。池田泉州銀行をあなどってはいけません。ちゃんと引き出せました。ヤッター。ホテルへ帰る道すがら見付けたケーキ屋さんに飛び込んで、店内の甘い香りに誘われてフルーツのたくさんのったケーキを2個も買ってしまいました。

生のフルーツが食べたかったのですが、時期的にどこも品薄のようで見かけりませんでした。次は食料品店に立ち寄って、昼御飯と晩御飯を仕入れます。また来た道を戻り、サトウキビ畑を眺めながら歩くのでした。真横を車が勢いよく走り抜けていきます。先ほどまで透析をしていた徳州会病院の手前で道路を渡ると、掘り返された畑が赤土色をしていて、ここを右に曲がるとホテルへの近道です。

でも次に来たときはサトウキビ畑になっていて、赤土ではなくなっているかもしれません。こういう憶え方をするから地図を憶えられないのだとよく言われます。

ホテルで離島巡りのチケットを買ったとき、石垣港まで車で送ってくれると言っていたのですが、約束の七時半を過ぎてもフロントには誰も現れません。これが噂に聞く沖縄時間なのでしょうか。車で走って15分ほどで港に着きました。船で西表島大原港に向かいます。そこから小さな舟に乗り換え、まずは仲間川マングローブクルーズです。

鬱蒼と生い茂るマングローブの木々の間を舟が進みます。

「この川は海と直結しているため潮が引くと川の水も引いてしまいます」住まいの近くを流れる春木川と一緒やわ、などと考えました。何も珍しいことでもないのに、ガイド兼船頭さんは何度も同じことを繰り返します。

ここの川で捕れたという顔の半分くらいの大きさの巨大しじみが廻されてきました。

この大きなしじみは果たして美味しいのでしょうか。

川の奥に進むと、やがて桟橋に横付けにされました。船頭さんに促されるままわけもわからずに舟から降り、一緒に下船した観光客について行きます。桟橋の行き止まりにご神体のように祀られた大きな樹がありました。この樹齢400年のサキシマスオウノキは、30年前に発見されたそうです。幹の近くの根が地上に出て板状になっています。これを板根《ばんこん》と言うらしいのですが、ドレープカーテンをペシャンコにしたような感じです。

舟で待っていた船頭さんは皆が戻ると直ぐに舟を出しました。「今から満ち潮になってくるから、あの舟はあそこまで行けません」帰りにすれ違う舟を見て少し勝ち誇ったように船頭さんが言いました。

この後、バスの運転手さんの話を聞いてわかったのですが、サキシマスオウノキを見たければ、引き潮のときでないと桟橋には行けないということです。予備知識もなく、栞も何ももらわなかったので、一度聞いただけでは何のことを言っているのか理解できませんでした。

舟から下りると女性の運転手さんが迎えに来てくれていて、大型観光バスに乗り込むとすぐに走り出しました。「えっ、私ひとりですか？」「そうですよ」目を丸くする私に運転手さんは事もなげに応えます。「ええー、乗客がひとりだけでもこんな大きなバスを出すんですか？」

どうやら4島巡りのコースを選んだのは私ひとりだけだったみたいです。他の2島巡りも3島巡りも、石垣港に戻る時間が同じだったので、せっかくなので多く廻ってみようと思ったのです。運転手さんの真後ろの席に腰をかけ、先ほどのサキシマスオウノキの満ち潮、引き潮についてのレクチャーを受けました。マングローブの1枚の葉の話もしてくれました。

マングローブの根っこが海水から吸い上げた塩分を1枚の葉っぱに集め、やがてそれが枯れ落ちるとまた代わりの1枚の葉だけが、塩分を吸収するのだそうです。

その話をするガイド兼運転手さんの話し方が思い入れたっぷりで、沖縄の石垣島での自分たちの生活になぞらえているのではないだろうかと思うのは考え過ぎでしょうか。

ときどき、地面がガタガタと大きな音をたてます。西表山猫に、車が走ってくるのを音で知らせるためで、わざと地面に突起をつけているのです。

私のためだけに運転手さんがガイドをしてくれます。こんな贅沢は身についていないものですから落ち着かない気持ちでいるうちに、水牛車乗り場に到着しました。

こちらもひとりで乗せてもらいました。水牛はもともと農耕用に台湾から連れてこられたそうです。アズキちゃんは水牛車を引き始めてまだ間がなく、「ブヒン、ブー、ブー」と豚のように鳴きます。どうやら、「いやだなあ、歩きたくない」と言っているようで、あまりしつこく鳴くので、馭者のお兄さんにお尻を鞭でペシリとやられてしまいました。「ああ、怒られちゃった」まだまだ遊びたい年頃なのでしょう。アズキちゃんがちょっとかわいそうになりました。観念したのかアズキちゃんが歩き出すと馭者のお兄さんが、三線《さんしん》を弾きながら歌ってくれます。琉球音楽を聞きながら水牛車の揺れに身を任せ、海を渡っていく。とっても贅沢な時間が流れていきます。携帯電話のカメラ機能でこの景色をおさめておこうと操作をしているうちに歌が終わっていました。拍手を送る人は私しかいません。遅れての拍手は何とも間の抜けた感じです。

由布島に着きました。島全体が亜熱帯植物園になっていて、1周するのにそれほど時間のかからない小さな島です。以前、この島にあったという小中学校の門が残されていて、ちょっと驚かされました。看板の説明文では水没して人が住まなくなったそうです。

今度は6人で乗り合わせた水牛車に揺られます。小さな背中に痛々しく背骨が浮き出ているアズキちゃんとは違い、しっかりと頼もしい足取りです。三線を弾きながら歌ってくれたお兄さんへの拍手も相席の人たちに任せられるので、海の向こうの八重山の島々に目をやりながら、ゆったりとした時間が楽しめます。もともと今日は悪天候だというので訪れた離島巡りだったのですが、山の方では降っているという雨にも遭遇しないで海も青く広がります。今は干潮で砂浜が現れていますが、満潮のときでも水牛は海の中を行くのです。

先ほどの大型バスに迎えられ、女性の運転手さんにアズキちゃんの話をしました。「そういう若い水牛も、やがて自分の宿命を知って逞しくなっていくのです」宿命って、いちいち話が重たいなあ。石垣の人はオーバーな話し方をするのでしょうか。

「後で行かれる竹富島の水牛は凄いですよ。民家と民家との間の狭い道をグイグイと車を引いて行くのですから、それは圧倒されます」

竹富島では水牛車観光、島内バス観光、レンタサイクル、グラスボートのうちの一つを選ぶようになっていて、そう何回も水牛車に乗ってばかりいてもつまらないだろうからと、グラスボートを選択していたのです。運転手さんの話を聞いててちょっと失敗したかなと思いました。

大原港から小浜島まで船で渡り次のバスを待ちます。30分も待ったでしょうか。いつまで経ってもお迎えのバスが来ません。結局、よそのツアーバスに乗せてもらって昼食場所へ向かいます。どのコースも同じ昼食会場のようです。案内してくれた係の人から、「30分で食事をすませてください」と言われ、「これ、おいしいね」なんて会話する相手もいないので、懐石風のお弁当をかき込みました。

「うっかりしてしまい申し訳ありません」バンを運転するおじさんが丸い顔をテカらせ、しきりに謝ります。これも沖縄時間なのでしょうか。乗り物は小さくなりましたが、やはり車は貸し切りで案内してくれます。この島はＮＨＫの朝の連続ドラマ『ちゅらさん』の舞台なのですが、私は観たことがありませんでした。その撮影のためにどこの建物の屋根かは忘れてしまいましたが、１つしかなかった屋根の上のシーサーをもう１つ付けてくれて２つになったのだと、運転手さんが嬉しそうに話してくれます。

釣り鐘としてぶら下げられた赤錆びた不発弾には驚かされました。廃物利用というよりも戦争があったという事実を風化させないよう、忘れ去られないようにということなのでしょう。

やはり、「わあ、きれいな海」だけで終わってはいけない所のような気がしました。

竹富島に着いたら申し込んでおいたグラスボート乗り場に向かいます。ところが料金を確かに支払ったのに、何枚かの綴りになったチケットにグラスボートのチケットが付いてないからと言って乗船させてくれません。係の人としばしの押し問答の末、埒があかないのでチケットを購入した所へ電話して状況を説明し、ボートの係の人にその携帯電話を手渡しました。

「ああ、それじゃ、後で券をもらいに行きますので」

やっと乗船させてもらえることになりました。

先ほどまで揉めていた切符もぎりのおじさんが船を操縦し、マイクを使い案内までします。客の一人分で収入が大きく変わり、それで厳しくするのかもしれません。

船の内側、側面に添ってくすんだ赤い色のビニールを張った椅子があり、床の真ん中が大きく刳り抜かれ、そこにガラス窓が嵌め込まれたテーブルが設えてあります。

ガラス窓越しに見る海の底はターコイズブルー、パープル、ピンク色の珊瑚たちで美しく彩られます。派手なべべ着た魚たちがお目見えします。私は中でもコバルトブルーの小さな魚が大好きで、是非とも間近で見たい、これはやっぱりシュノーケリングしなければと心に誓うのでした。

竹富港で船を待っている間、自動販売機で気になるものを見付けました。さんぴん茶です。どうやらジャスミン茶らしいのですが香りがなくてたよりない味です。これも近くの台湾の影響でしょうか。

石垣港に戻りお土産物屋さんに立ち寄り、夫と娘にお菓子のちんすこうを買いました。お酒好きの友人芝山には幻の泡盛の小瓶を買いました。

石垣牛のサンドイッチの看板が目に飛び込みました。透析室の看護婦さんに、「石垣牛、凄く美味しいから是非食べてみて」とこれも勧められていたのです。２５００円の石垣牛のサンドイッチは厚さ1センチの牛ステーキ肉とレタス、薄くスライスした玉葱が挟んであり、あっさりとした醤油ベースのドレッシングで味付けされた、まあ不味くはないけど値段の割にというのが正直な感想です。


石垣島徳州会病院で2回目の透析を受けます。

昨日、あまり汗もかいてもいないのに水分だけはしっかり摂ってしまったので、今日も4時間透析をしてもらいます。これが岸和田の担当の看護婦さんなら叱られるところです。水分を摂り過ぎると心臓が大きくなり、それだけ負担がかかるからです。それに岸和田の病院だと午後の部の患者さんがいるので、あまり長い時間の透析はしてもらえません。

私が通常してもらっている3時間の透析だと、体中の血液をきれいにするのには不充分で、時間が短ければいいというものでもないようです。現在では病院によっては夜間透析があり、仕事をしている患者さんなどは寝ている間にやってくれる所もあるのです。

「えっ、お風呂入ってないの？」斜め向かいのベッドのあたりから看護婦さんの声が聞こえてきます。ここにも風呂嫌いの患者さんがいるようです。「いくら足を怪我しているからって、ダメだよ。傷はドンドン水で洗わなくちゃ」そうなんです。私、一昨年、お風呂屋さんの帰り道、マンホールの蓋が数センチ盛り上がっている所で蹴躓いて転び、ジーンズの膝が裂けてしまうほどの大怪我をしたのです。

その翌日、透析するベッドの上で、手際よく処置してくれる看護婦さんがいました。かさぶたの代わりになるフィルムを貼り、その上から大きな防水テープで覆いました。

「ぜったいに濡らさないでね」そのときは言われたのです。

そのテープが取れるまでに2、3週間もかかりました。本物のかさぶたができて痒くて堪らないという頃まで防水テープを剝がしてもらえませんでした。

それが最近、怪我をしたとき、「傷口を水で流して、よく洗ってね」と言われたのです。

医療というのは1、2年で大きく変化し、真逆のことを言われるのに驚かされます。

透析が終わり今日のお昼は何にしようと考えるのが少々面倒くさくなってきました。

食べることは好きだし、だいいち自分で作らなくていいのだから、こんなありがたいことはないはずなのにどうしたことでしょう。たとえそれがわざわざ作らなくて、買ってきて食べるというだけの行為でも、自分一人のためだけに美味しい物を買うというのは、虚しい行為なのかもしれません。それでもやっぱりお腹は空きます。

歩いて30分ほどの所にある一番近いショッピングセンターに向かいます。

「冷麺あります」という白地に赤い文字で書かれた、風に揺らめくのぼりを歩道沿いに見付けました。

冷麺は私の好物のひとつです。この11月に冷麺が食べられるなんて、まさしく本当に今年最後の冷麺。

店内はカウンターに黒いビニール張りの丸椅子が並べられた普通のラーメン屋さん。

背後の開き戸がひっきりなしに開けられて、人の出入りが激しく少々落ち着きませんけれど、けっこう人気のお店みたいです。

やがて目の前に置かれた冷麺は、トマトにキュウリ、薄焼き卵に焼き豚、見た目はいつもの冷麺と変わりません。まずは麺を啜ってみます。何と美味しいこと。腰があって喉ごしがよく、普通の麺の1・5倍の量はありそうなのにペロリとたいらげてしまいました。

こんなに美味しいのなら普通の熱々ラーメンも食べてみたい。もっと早くからこの店に気が付けばよかった。先ほどの、一人で美味しいものを食べるのは虚しいの言葉もどこかに吹き飛んでしまいました。

ホテルに戻りフロントの前のラックに立てかけてある情報誌をかき集め、ホテルまで送り迎えしてくれるシュノーケリングツアーを探しました。携帯電話で問い合わせると明日の予約はいっぱいで、次のところでオーケーをもらいました。風呂に入って早めに休むことにしました。

透析をした日はその針穴が大きいので、そこから菌が入るといけないので入浴は禁止されています。汗をかいた日は尚更、そのままでは眠られそうもないので、針穴の上から防水テープを貼ってお風呂に入ってしまいます。

時代小説を持ち込んで湯船に浸かっていると、ドーンという地響きがしました。ああ、そういえば、「今日、花火があるんです」看護婦さんが言っていたのを思い出しました。早めにお風呂から出たらバルコニーから見えるかもしれない、などと考えていたのですが、あたりはシーンと静まり返ったきりで、いつまでたっても2発目の打ち上げられる音がしません。

嘘でしょ、今ので終わり。看護婦さんがあんなに目を輝かせて話していたのに。でも、思い返してみますと確かに、「花火がある」と言ったけれど、「花火大会がある」とは言いませんでした。以前より若干規模は小さくなったという、岸和田の花火大会を見せてあげたいです。

東日本大震災復興祈願に全国の花火師たちが福島に集結して、花火を打ち上げたというのをニュースで見たのを思い出しました。

5年に一度あるかないかくらいの、珍しくへこんだ気持ちになっていました。やっぱりシュノーケリングは私には無理だったのではないだろうかと思うのです。左腕に透析を受けるための、動脈と静脈を繋ぐシャント手術をしています。これがちょっとしたことで詰まってしまい、使い物にならなくなるのです。うっかり腕枕をしてしまったがために、また手術を受け直した患者さんがいます。だから輪ゴムのような細い物でさえ、昔のおばあちゃんがよくやっていたみたいに左手首にはめたままにしないようにと言われているのです。それなのにシュノーケリングするときに着るウエットスーツは躰に吸い付くようにフィットして、これは左腕を締め付けてしまいアカンやろ、と今更ながらに後悔しているのです。自分の軽率さに落ち込んでいるのです。インストラクターに事情を話すと、膝小僧が擦り切れて袖口のファスナーも壊れている、ボロのスーツを見つけ出してくれました。これなら袖口も緩く腕を締め付けずにすみそうです。

ところがいざ海に浮かんで、水中眼鏡を付けて海底を覗くのですが何も見えません。

「ほら、あそこ、あそこ」30才くらいの女性インストラクターが指さします。

「お魚がいますよ」私を赤い色をした発泡スチロールのひょろ長い浮きに捕まらせて、その端から出ているロープを右へ左へと立ち泳ぎをしながら引っ張ります。

「海、濁っていませんか？」「……」インストラクターは応えてくれません。「えっ、私の目が濁っているの」だって本当に何も見えないんだもの。考えてみれば、以前シュノーケルしたときは1・5の視力をしていたのです。

「目が悪いのなら度の入ったゴーグルを用意してきたらよかったですね」

親切に言ってくれるのですが、糖尿病性網膜剝離をして白内障もあるので、眼鏡では矯正しにくいと眼科医に言われているなどと説明するのも厄介です。左腕を締め付けてはいけないということをわかってもらえただけで充分です。

いったん、船に引き上げることになりました。

船の後部に取り付けられた鉄でできた白い梯子近くに戻ってきたときです。あっ、見えた、見えた。黒い魚が見えた、と思ったのですが、実は海底に潜っているダイバーたちでした。黒いウエットスーツに赤や青の水中眼鏡がいかにもカラフルな魚の模様に見えたのです。

シュノーケリングをしているのは私ひとりで、しかもダイビングの人たちは今日が始めてではないようで、数日かけてライセンスを取りにきているようです。

私も何度かチャレンジしたことがありましたが、耳抜きがうまくできなくて、ダイビング専門の耳鼻科に紹介されて行って検査をしてもらったところ、疾患があることがわかり断念しました。

以前、シュノーケリングしたときはリゾートホテルからボートを出してもらい、どのホテルに泊まっても同じスポットへ連れて行かれました。

お昼のお弁当の後、残したご飯粒で魚を呼び寄せてくれました。今回のツアーでは生態系の壊れるようなことはせず、だから魚の餌付けもしないで自然のままを楽しむのだそうです。

船を移動させ次のポイントへ向かいます。ダイビングをする人たちが潜ってから私は足ひれを付けます。石垣島は一年中泳げるというイメージでしたが、ウエットスーツを着ていても海水は冷たく海の中に身を沈めるのは少々覚悟がいります。

昨日、マンタが船底を通過したと言うのですが、今日はポイントが違うので遭遇することはないと言います。残念。

何か先ほどから胃袋からせり上がってくるような感じで、でも、口にくわえたシュノーケルが邪魔して、とても呼吸がしづらいんです。海に入ってもまたすぐ船に上がります。

どうやら船酔いしてしまったみたいです。右に左に大きく船が揺れます。お願いだから船のエンジンを止めて。あまりに揺れを感じるのでそう思ったのですが、考えてみたらとっくに船は停止していたのです。インストラクターに酔い止めの薬をもらい、デッキの上で横になりました。

波が荒く、船の上でゴロゴロと躰がもまれます。インストラクターも久々の仕事で、実のところ同じように気分が悪くなり、酔い止めを飲んだそうです。プロの人でさえそうなのですから、仕方のないこと。

デッキに寝転んでいると、青い空に白い雲、遠くに島々が見えます。いい景色だなあと思いながら、いったい私は何をしに来たのだろうと考え、いつしか微睡んでいました。

ダイバーの人たちが上がってきて船のエンジンが再びかかり、最後のポイントへ移動します。

お昼は透明なパックに入れられた小さなお握り2個と揚げ物のおかずの入ったお弁当です。これに鶏肉や大根などの野菜がたっぷりと入ったお味噌汁がつきます。気分が悪くて船に上がったとき、スタッフの一人が、たぶん一番年長の彼がリーダーだと思われるのですが、揺れる船をものともせず、プロパンガスから引いたガス台の上に大鍋を載せて作っていたものです。酔い止めの薬が効いたようなのですが、また気分が悪くなってもと思い、大きなお椀にひと啜りだけよそってもらいます。美味しい、だしがきいて、これは健康体のときに是非とも味わいたかった。

ひょっとして低血糖になっていたのかもしれません。いつもなら冷や汗や躰の震えでわかるのですが、この時期は汗をかいても、暑くてかいているのか区別がつきにくいのです。

以前、検査のために病院へ向かっていたところ、もともと目がよくないので、今日はやけに視界が悪いなあと思いながら歩いていました。病院に着いて検査室に入ると照明が消され、「今から検査しますからベッドに横になってください」と検査技師から声をかけられました。躰を横たえると、急に気分が悪くなって、「気分が悪い、気分がわるい」倒れ込み、そこから先は憶えていません。

次に目を醒ましたときは別の部屋のベッドの上で、右腕には点滴の針を刺されていました。背中は汗びっしょりです。看護婦さんが顔を覗き込みました。「気が付かれましたか、低血糖で倒れたんですよ、もうちょっとブドウ糖を入れますからね」

通常の血糖値の半分以下の値しかなかったのです。血糖値が高い状態が続くと糖尿病になるのですが、それを下げるためのインスリン注射が効きすぎると、今度は低血糖になります。へたをするとそのまま目を醒ますことなく、植物人間になってしまうのです。

病院に行くのに朝から家事をこなし、昼食も軽くすませ、その上30分ほどの道のりを歩いて行ったので血糖値が下がり過ぎたのでしょう。

「あれから大丈夫でしたか」病院の関係者に会うたびにそう訊かれ、恥ずかしく煩わしいのですが、病院で倒れたのはラッキーでした。

波が容赦なく顔を洗います。3度目、最後の挑戦です。わっ、からーい、海水ってこんなに塩辛いものだった、石垣の海は特別に辛いのではないかしら、こりゃ、後で喉が渇くだろうな。

「ここは潮の流れがきついので、頑張ってバタ足してもらわないと沖に流されちゃいます」

インストラクターから活をいれられます。

うっへー、腰が痛いのに。こんなことなら今通っているスイミングスクールで、バタ足の練習をしっかりとやっておけばよかった。そんなことを考えていたらインストラクターが立ち泳ぎしながら、私を捕まらせた発泡スチロールで出来た赤い浮きの先のロープを引っ張ります。

口にくわえたシュノーケルの先を海面からのぞかせて、中にたまった海水を抜くのに思いっきり息を吐き出し、口だけで呼吸をします。ゴーグルのガラス越しに覗いた海の底は箒で掃いたような模様があり、鳥取砂丘の沙漠の斜面にあるような、ちょうどそんな感じの縞模様が出来ています。潮流がきついので出来ると聞いたような気がするのですが、気持ちはすっかりバタ足のほうにいっています。碧い海の先に数カ所、黒っぽく色の変わったところがあり、そこに珊瑚の群生があるので、そこまで何とか辿り着かなければなりません。

いっそのこと浮きがないほうが泳ぎやすいのではないかと思うのですが、海をなめたらえらいことになるかもしれません。ここは黙って懸命に足ひれのついた足をバタつかせ続けます。

石垣の海に来てまで、何を必死にやっているのだろう。そんなことを考えながら、なおもバタバタやっていると、急に波が穏やかになりました。「もう、足を止めても大丈夫ですよ」インストラクターの声で足を止めると、そこに竹富島のグラスボードの底のガラス窓越しに見た、ターコイズブルー、パープル、ピンクの珊瑚が出迎えてくれていました。そう、そう、これよ、これが、見たかったの。コバルトブルーの小さな魚も珊瑚の間を縫って、ヒラヒラと泳ぎ廻っています。もともと熱帯魚を見たいから始めたシュノーケリングでしたが、今回は色鮮やかな珊瑚にすっかり魅せられてしまいました。この次はマンタと一緒に泳ぎたい。青の洞窟へも行ってみたい。腰の痛さも忘れて来年に思いを馳せます。

今日は月曜日で本当なら透析の日なのですが、11月3日、文化の日で旅行透析はお休みです。

前日のシュノーケリングの疲れもあり、今日はホテルの部屋で1日中ゴロゴロと寝ておくつもりです。ここのホテルは朝食がついているのですが、それも今朝はパス。

前から一度やってみたかったことなのです。心行くまで眠りをむさぼる。

透析で病院へ行く日は、ベランダに洗濯物を干し終えてから出かけるので、6時半には起きなければなりません。だからこの機会に思う存分寝てやると心に決めていたのですが、それでも7時には目覚めてしまい、朝食用に買っておいたパンを食べたらお腹がくちくなって、また微睡んでしまいました。

次に目覚めたときはお昼を過ぎていました。寝ているだけでもお腹が空き、冷蔵庫の乏しい食料をあさります。家の冷蔵庫でなくて旅先であっても、冷蔵庫は満杯にしておかなければ寂しい気持ちになります。グルクンという沖縄ならではの赤い魚のチリソース煮をスーパーで見つけ、試しに1パック買ってみました。白身の淡白な魚なのですが、油で揚げて辛いソースがかかっているので、2切れも食べたらもう降参。そのまま冷蔵庫で眠っていました。本当は生臭さを消すために濃い味付けにしているのかもしれません。明日は最後の透析を受け、その足で空港に向かうので、もったいないけどゴミ箱へ移動してもらいます。コーンとマヨネーズのかかったパンをホテルの廊下に置かれた電子レンジでチンして食べてみたのですが、これがすこぶるまずい。

透析日が2日空いたので体重の増加が心配。だから食べる物がないほうがいいのかもしれません。家にいるときはヘルスメーターでこまめに体重を管理し、どうしても増加してしまったときはサウナで汗をかいて水分を抜きます。減量中のボクサーのような感じです。

ところが、このホテル近辺にはサウナとかお風呂屋さんがありません。暑い土地なのでゆっくりお風呂に浸かる習慣がないのでしょう。大きなホテルならスパなどの施設があるのでしょうけれど。

そうそう、水分量を気にかけるとき、氷が重宝します。喉の乾きを癒すのにはそれほど量がいらないので、透析患者の救世主。それも、ここのビジネスホテルでは手に入りそうもありません。フロントで言えばもらえるのかもしれませんが、格安ホテルで、そういうサービスを要求するのも気が引けます。最後まで劣等生で病院へ行くのは、もっと気が引けます。でも、そのほうが看護婦さんたちの印象に強く遺って、次に訪れたときも憶えていてくれるのではないだろうかなどと、どこまでも脳天気です。

昼間あれだけ寝たのに、夜になるとまた眠たくなってしまいました。

翌日はホテルの朝食をいただきます。玄関を入ったところに小さなフロントがあり、その前を通り過ぎた奥が食堂です。小さなテーブル席が10くらいあり、一人旅らしき壮年の男性、小学生くらいの男の子を連れた家族連れが坐っています。あれ、学校はお休み？　などという、いらぬ詮索はよしましょう。壁際の長テーブルの上に大皿に盛られた3種類ほどの野菜料理や食パンをトレイに載せます。最初の日に食べたたぶんパパイヤだと思うのですがシャキシャキとした歯応えのなますが、とても美味しかったです。

次の日はニンジン、わかめなどの酢の物。後ゴーヤと卵の炒め物。食パンのほかにご飯もあったのですけれど、家では毎朝トーストを食べているので、ついパンを選んでしまいました。私らしくもない。一度くらいは石垣米を試してみればよかったです。荷物は夕べのうちに荷造りをすませておいたので、ホテルのフロントから着払いで発送してもらいます。以前はそのほうが高かったのですが、いつの頃からか、元払いも着払いも料金が変わらなくなりました。

石垣島での最後の透析に行きます。その後、病院の前のバス停から石垣空港へ向かいます。私もあと3年で還暦。生き急いでいるのかもしれませんが、こうやって気ままに遊べるのも後、僅かかもしれません。焦るなあ。

気ままをさせてくれた家族のもとに帰ります。感謝の気持ちとともに……。

一人旅は行動に制約がなく、自由でいいかもしれないけれど、やはり家族と、あるいは友人と楽しみたいものです。

救急車を呼ぼう

「私、昨日から右手足が痺れて動かないの」えっ、メールの内容がすぐには飲み込めず、私はもう一度読み返した。

平成26年4月28日のこと。

その日の夕方、岸和田に住んでいる私のもとに、宮崎の都城でひとり暮らしをする母からメールが届いた。

慌てて電話機に飛びついた。しばらくの間があって母の声が聞こえた。

「それって脳梗塞じゃないの」「ううん、腰の神経からきていると思う、お父さんの症状に似ているから」毅然とする母。「とにかく病院に行って」厳しい口調の私。「だって、ひとりでは外に出られないし、タクシーに乗れないもの」

今年の1月に89歳で亡くなった父は、脊柱管狭窄症の手術をしてもずっと左足が痺れたままだった。その症状と一緒だと言う。

「明日の飛行機がとれたらそっちに行くから」こう言って電話を切ったものの、本当に明日でいいのだろうか。もし、脳梗塞なら、1分、1秒を争う。でも、昨日から症状が出ているということは既に手遅れなのかもしれない。

普段はないがしろにしている夫に、迷ったときはすっかり頼ってしまい会社に電話した。やっぱり、そうだよねと夫の明確な答えに私は後押しされたかのように、再び受話器を握った。「やっぱり早く病院へ行ったほうがいいから自分で救急車を呼んで」すごく残酷な言葉を放ったようで、口の中に苦いものがひろがる。母は声こそ明るかったが、きっと見捨てられたような気がして不安になっているのに違いない。「大丈夫よ、明日、向かいの整形に行くから」

実家の斜め向かいに入院設備も整った大きな整形病院がある。

母は言い出したら聞く耳を持たない頑固なところがある。こんな電話をしているのももどかしい。焦る気持ちを抑えつつ少し震える指先でパソコンを開き、インターネットで検索してみた。今から家を出れば宮崎空港行きの最終便に間に合いそうだ。空席もある。

伊丹からの飛行機は1日に6便しかなく最終は19時40分発。遅くともその30分前にチケットを購入しチェックインしなければならない。

カバンに2日分ほどの着替えを詰め込んだ。いつも飲んでいる薬さえ持って行けばどうにかなる。岸和田駅まで乗ったタクシーから降りるとき、慌てて小銭をぶちまけてしまったが、拾っている時間も惜しい。駅のエスカレーターを小走りに駆け上がり、難波行きの急行に飛び乗る。難波から伊丹までは空港バス、どうにか宮崎行きの最終便に間に合った。飛行機に間に合えば後はこっちのもの。こんなに素早く行動したことがかつてあっただろうか。

以前は関西空港から宮崎行きが出ていたのだが、いつか廃線になり、それで飛んでいたならもうちょっと時間にゆとりがあったはずだった。8月からなら格安航空のピーチが就航するのだが、まだ飛んでもいない飛行機のことを思ってみても仕方がない。

思いの外早くチェックインでき、宮崎行きの搭乗口前のシートに腰をおろした。

今日は4月28日の火曜日。明日は水曜だから人工透析のある日で、岸和田駅まで乗ったタクシーの中から病院に携帯電話で連絡した。主任に代わるからと言われ待たされた。

「明日までに帰れないと思います」「じゃあ、透析はどうするの?」少し甲高い看護師主任の声がした。週に3日、透析を受けなければならないということはよくわかっているけれど、こういうときは仕方ないではないか。「絶対、木曜日には来てね」悲鳴に似た声を聞きながら電話を切った。

後から知ったことだが、遠方で一人暮らしする身内が心配なときは、地元の救急隊に様子を見て来て欲しいと連絡すればよかった、ということだった。

宮崎空港から都城まで高速バスで1時間。そのバスの運転手さんに降車後のタクシーの予約をしておく。夜遅くになると電話してもタクシー会社が出ないというのは、父の葬儀の際に経験済みだった。そのタクシー内から母へ電話しておいたのだが、玄関の鍵はしっかりと閉ざされていた。「鍵を開けるのに時間がかかるから着く前に知らせてね」と言っていたのに。携帯から再度電話をすると、「あら、もう着いたの」のんびりした声が返ってくる。だからさっき電話したのに。

それから、実家の鍵を預かっていない私は門灯もついていない暗がりの中をあっちへ行ったりこっちへ来たりで、たっぷりと40分は待たされた。昔ながらの木枠にガラスのはめ込められた玄関の引き戸は脆そうに見えていて、簡単には壊せそうもなかった。一度、家の中からドスンという大きな音がして、母の「痛い」という声が聞こえた。

玄関の三和土は広く上がり口の段差も大きいので、その前に式台を置いてある。右足が動かないと言っていたので、そこで転倒したのではないだろうか。それでも玄関のねじ式の鍵を内側から開けようとするカチャカチャという音がしたので大丈夫なようだ。

「どうして開かないの」ブツブツと呟く声がした。

「お母さん、部屋のほうに戻ってガラス戸を開けたほうが楽じゃない」と玄関のガラス扉越しに私は言うのだが、「そんなの無理よ」怒った声がした。そんな怒ったところでどうしようもないやん。しばらくカチャカチャという音が聞こえていたのだがやがてそれすらも聞こえなくなり、シーンと静まり返ってしまった。

「お母さん、お母さん」呼びかけても返事がない。お願いよ。もうちょっと頑張って、鍵さえ開けてくれたらいいんだから。

携帯電話に登録してある実家の番号をプッシュする。三和土の直ぐ真横にある下駄箱の上の電話にも母は出ない。暗闇の中、電話のベルだけが大きく鳴り響く。ひょっとして、母は倒れて意識がないのかもしれない。テレビなどで得た知識では、もし脳梗塞なら発症して3時間が勝負だと言う。昨日の夕方に発症したということは、すでに24時間以上は経っている。何時間経過しているのか計算してみようとしたが、ああ怖ろしくて考えたくもない。一刻も早いほうがいいのか、すでに手遅れなのか。でも電話口ではしっかりと話していたし、やっぱりちょっとでも早いに超したことはない、えらいこっちゃ。こうなったらガラス戸を割るしかない。母の部屋のガラス戸か居間のある縁側のほうのガラス戸か、どっちのほうが損害が小さいか、ガラスの大きさとしては同じだと思うのやけど。こんなときでさえも算盤を弾いてしまう。

カチャ、鍵の外れたような音。開いた、よかったあと思ったらまだチェーンがかかっている。昼間は鍵もかけてないのに何でこんなときに用心深いのよ。わずかに開いた隙間から片手を突っ込んでチェーンをまさぐっていると外れた。戸をきっちりと閉めなければチェーンが外せないように、横向きに取り付けねばならないものを父が縦に取り付けてしまい、ロックの役目を果たしていなかった。このときばかりは父のそそっかしさを、「いいぞ、お父さん、ナイス」と心の中で拍手した。

暗がりの中、玄関先の式台を枕に寝そべる母を抱き起こそうとするが、ビクともしない。「まずは、電気、電気」私は下駄箱の上のあたりの壁際の照明のスイッチを手探りで点けた。灯りに照らし出された母は力尽きて起きる気力もないようだ。

「お母さん、救急車を呼ぼう。向かいの整形外科に行くたって、明日から連休やし」

「あらっ、そうね、でも、救急車呼ぶの?」

この期に及んで、まだこんなことを言っている。

「腰の神経からきているにしろ、動けないなら仕方ながいじゃない」

こないなときに救急車呼ばんでどないする。格好悪いなんて言うてられへん、だいいち、私にはどうしてあげることもできない。「そうねぇ」やっと、観念したかのような返事。「家に近付いたらサイレンの音を消して下さい」と救急隊員に一応お願いする。

「わかりやすいように道に出ていてください」実際は家の鍵や保険証を探し出していたので、外に出ている暇などなかった。

大きなサイレンを鳴らしながら家の前の道に近付いて来た救急車に、「やっぱり音を消してはくれないのね」まだ、そんなことを言っている母に腹が立った。

そんなに救急車を呼ぶことが恥ずかしいことなのだろうか。

救急隊員にいつも飲んでいる薬を見付け出してもらい、救急患者を受け入れてくれる病院とのやり取りの後、出発するまでに、ザッと1時間はかかった。

「発症してから3時間、こうした時間も合わせて4時間のうちに手当をしなければ手遅れになるのです」

救急隊員に説教をされるが、大阪から駆けつけたばかりでなどと言いわけする気力も残っていなかった。

病院での診断はやはりラクナ脳梗塞であった。

私、ただいま透析中

週3回の人工透析を受けて10年になる。

その日の朝も、自宅マンションの1棟の前から病院の送迎バスに乗った。

7時半にはバスに乗り込み、少し離れた3棟に移動して3人乗り、8時前には病院に着く。少し前までは、病院へ行く道すがらもう一人乗っていたのだが、ある朝、この患者が乗らなかった。家の方からその人のお嫁さんらしき人が駆けて来て、運転手さんに何か言っている。私はその患者さんと同じ3階で透析を受けているのだが、病室でも二度とその人の姿を見ることはなかった。透析患者はあるとき突然に姿を見せなくなるときがあり、隣のベッドに寝ていた人がいなくなることもある。看護師に聞いても教えてくれない。

姿を見ないということは亡くなったのだろう、と患者同士で噂し合い、確たる証拠もないのに決めつける。

体重の増加が透析の除水量の目安になるので、衣服の重さをいつでも一定に保つ必要がある。

だから透析患者は更衣室でパジャマに着替える。1年中同じパジャマで、真夏にネルのそれを着ている暑苦しい人もいる。私はある理由から、更衣室でパジャマに着替えるのをやめ、患者の休憩所を兼ねた食堂にバスから降りると直行する。

透析室と更衣室のある南館から渡り廊下を行った先に休憩室があり、テレビに向かって横長のソファーと椅子が10列ほど並び、更に、その奥に患者の食堂がある。

壁際をぐるりとコの字型にテーブルになる板が据え付けられてある。私の座る席はいつも決まっていて、ここの左手の壁際。どこの病院の壁にもたいてい画が飾られていて、目線を上にやると、やはり家々をモチーフにした白っぽい画が掛けられている。

正面の壁際の席にはユミさんが少し遅れてやってくる。彼女とは3階で、同じ時刻に4時間の透析を受けている。食堂の中央には木目模様の茶色の大きなテーブルが置かれていて、その上にアニマルプリントのカバンが載せられているので、イチさんはもう来ているようだ。

病院敷地内は全て禁煙になっているのだが、中学生みたいに隠れ煙草を吸いに行っている。周りの患者から、「あかんで」「躰に悪いで、やめーや」と言われているのだが、やめられないらしい。もっとも本人にやめる気はまったくないみたい。

イチさんは私より2つ年下で、還暦前と言っていたので3つ下だろうか。周りの男性患者にこの年齢の人が多いのは偶然なのだろうか。最近、私はこのイチさん、ユミさんと話をするようになった。イチさんは食い道楽で美味しい店をよく知っている。貝塚の中華「GFC香港スタイル飲茶レストラン」ここの酢豚ランチが美味しく、御飯もお代わり出来ると勧められて行ったのだが、色々食べてみたかったので、1500円のコース料理を頼んだ。香港や台湾などへ食べるのが目的の旅行をする私と娘の舌を唸らせた。前菜のオードブルから始まって最期のエビチャーハンは台湾の點水樓《ディアンシュイロウ》と同じ味がした。デザートにごま団子も出て、お腹が一杯と言いながら、杏仁豆腐も頼んだ。それから中華料理が食べたくなるとここが行きつけの店になった。

和歌山に天然有頭エビフライが2尾とヘレカツが載って1300円というカツ屋さんがあると聞いて、和歌山大学の整形外科に行った帰り道、探したが見つからなかった。

もう一度、イチさんに地図を書いてもらい、よくよく訊いてみると、私はJR和歌山駅前を探していた。「ナンカイ言ったらわかるの。南海和歌山駅だって」叱られながら再度挑戦してみた。今度は食べに行くのだけが目的で、娘の運転で高速道路を和歌山に向かった。私はエビフライが大好物。あったあ、店が見つかった。だけどお目当てのエビフライは夜だけのメニューに代わってしまっていて、ランチではやっていないという。グルメ雑誌に掲載されて客が殺到し、店がパニックになり、夜のメニューになったそうだ。味一のカツは安くてボリューム満点だった。熊取の喫茶店「真」はフルーツどっさりのモーニング。娘に早起きしてもらわなければならないので、ここはまだ行っていない。食べることが大好き。「おねえさん」「なーに」イチさんが隠れ煙草から戻ったらしい。「これ、みんなで分けて。センセイにもやってな」とお菓子をくれた。イチさん体格がよくて髪が短髪なので一見恐そうでとっつきにくそうに見えるのだが、よくお菓子をくれたりして気配りの出来る男性。

もちろんいつももらいっぱなしというわけではなく、私もときどきお菓子を持って行く。すぐ手に入るセブンイレブンのお菓子。近所のスーパーが次々と消えていってしまって、我が家のおやつを支える唯一の頼みの綱。シュガーバターの木はサクサクしたパイ皮にクリームが挟んであり、銀の葡萄の製品なのだが、直ぐ手に入るのが嬉しい。ガトーショコラは濃厚でまったりとした生チョコ。今年の夏、季節限定のわらび餅。しっかりした歯応えの小さな餅の中にタレが入っていて、まわりにはきな粉がまぶしてあるという逸品。お菓子のことを考えているだけで体重が2、3キロ増えてしまったような気がする。

センセイとは28歳の透析患者ヤマちゃんのことで、今から一緒にラジオ体操をする。

彼女の乗った送迎バスが8時半くらいに到着する。透析室のある南館へ向かう渡り廊下の横の藤棚の下で、ヤマちゃんのスマホからラジオ体操の音楽が流れる。最初のうちは彼女一人でやっていたのだが、それに気付いた私は一緒に参加させてもらうようになった。ユミさんも引き込みイチさんも巻き込み、次第に人数が増えていった。ヤマちゃんは側転などを軽々とやってのける体操女子で、ラジオ体操も彼女をお手本にして、センセイ、センセイと皆が呼ぶようになった。

透析患者には詮索好きな人がいて、かつて私は辟易したことがあったので、あまり深くは立ち入らないように心掛けている。その患者を避けて、私は更衣室でパジャマに着替えるのをやめ、家から着てきた服のまま透析を受けるようになった。のっぽのおじさんは今朝も姿を見せない。あちらこちらを手術すると言っていたのでまだ退院できずにいるのだろう。

ラジオ体操を終え9時近くになる。この時間になるとほとんどの患者が透析室に入室してしまい、順番を待っている患者も少なくなり、更衣室のロッカーに置いてあるタオルケットを取りに行き3階の透析室へ向かう。2階、4階にも透析室がある。人工血管などの患者は早く入室しているが、私たちはいつも順番が遅かった。3階までエレベーターで上がる。その前のソファーに一人ポツンと座るお爺さんがいた。見かけはそうだが私より2つ年下だ。

数年前によそから移り住んで来て、中学生の娘のいる女性と3度目の結婚をした。そのお爺さんは母親の遺産の一部で6千万円の家を建て、奥さんの両親も一緒に暮らすようになった。ところが急に具合が悪くなり、そのときに飲んだ薬が合わなかったのか認知機能が急激に落ちて一人では行動できなくなり、今もヘルパーさんが迎えに来てくれるのを待っている。以前はこのお爺さんが着ているミッキーマウスのTシャツを見て、「そのTシャツ、可愛い。

奥さんが選んだの？」という会話をしていた。「そうやねん」とお爺さんは照れくさそうに笑っていたのに。何でも家族とは別に、お爺さんが一人だけ施設に入っていると言う。ああ、家を乗っ取られちゃった。このお爺さんが気の毒で仕方がない。

以前、ベッドが隣同士だったというだけで、情報が筒抜けになる。

今は92歳のモン爺さんがお隣。モンさんは従業員が3000人いる建設会社の社長さんをしていたと言っていたのを聞いたことがある。その会社は私が結婚当初だから今から35年前、入居していた社宅の隣にあったので覚えている。今の住まいのあるマンションのベランダから見えるその社宅も、入居する人がいなくなり賃貸マンションに建て替えられている。

モンさんには息子さんが3人おられるようなのだが、どなたも後を継がれなかったようだ。

建設会社の跡地には安いと評判の床屋さんができ、夫はもっぱらそこの常連さんだ。

「ヘルパーさん呼んで」モンさんは3時間の透析が終わると、すぐに大声を出す。

「今、ほかの患者さんを下まで送りに行っているから、もう少し待っていて」看護師さんが応えると、「どうしてヘルパーさんはわしを待っとかんのや。あんたでいい、車椅子に座らせてくれ」モンさんはがっしりとした体格で、か細い看護師さんではベッドから起き上がらせることもできない。「だから、もうちょっと待っといて」看護師さんの苛々とした声が聞こえてくる。建設会社をしていた頃のワンマン社長ぶりが窺える。

隣のベッドの私は胸の上で本のページを開いたまま、無理言いなや。なんぼほどのお金を持っているのか知らんけど専属のヘルパーさんでも雇いなはれと、心の内で呟いていた。

午前の患者の透析が終わったベッドの横で、午後2時からの患者の血液透析器、ダイオライザーをセットしながら看護師さんが言った。「モンさん、別に急がんやろ？　何をそんなに急ぐことがあるの？」「急ぐんや、はよ帰りたいんや」と負けてはいない。

私はまた思った。そうだよね、92歳だもの、急いで生きな後がない。

1時半頃に透析が終わり、休憩所の奥の食堂に向かう。朝の透析時間待ちのときと同じ席に座る。先客がいるときもあるが、定位置だとやはり落ち着く。

以前、病院の用意してくれる500円の弁当を頼んでいたこともあったが、好き嫌いはないと思っていたけれど意外に嫌いな物が多いのに驚いた。安価で栄養価が高い豆腐など、見るのも嫌。

家から持って来た弁当をひろげた。大阪市内の病院の受け付け事務をする娘も同じように弁当を持って行く。彼女が拘りを持って焼いただし巻き卵は鰹だしが利いてふっくらと柔らかい。人参をバターでソテーした物、マヨネーズをかけたブロッコリー、豚肉は焼き肉のタレに、すりおろし生姜で味付けしている。塩分が多く透析患者は食べないほうがいいと言われている、さつま揚げを1切れ入れる。白身魚は筋肉がつくのでいいとも言われている。透析患者は水分の摂り過ぎに注意がいる。だから塩分の摂り過ぎも気をつけなければいけない。それと体外に排出出来ないタンパクやリン。野菜は食べたほうがいいけれど、生野菜はリンが多いので注意がいる。考え出したら切がない。私は好きなものはそんなことを気にせずに何だって食べる。

「いつも本を読んでいる、隣のベッドの人やね」左隣の席から声がした。ここでもモンさんが隣に座っていた。「はい、そうです」

モン爺さんは500円弁当を食べ終えて、近所の施設のヘルパーさんのお迎えを待っている。

正面から見ると、意志の強そうなえらの張ったベース型の顔で目鼻立ちがくっきりとして、高齢になった今でもロマンスグレーな男前。「あんた透析中、片手で本を持ってしんどくないのかね?」「しんどいです、だから、右腕だけ鍛えられています」

そんな他愛もない話をしていると、モンさんの施設の人がお迎えにやって来た。

よそから移り住んできて再婚をした、私より年下のお爺さんがここの病院に来たばかりの頃は、私の隣のベッドだった。向こうの病院ではこうしていたからといい、缶コーヒーを持ち込んで透析中に飲んでいた。そのお爺さんの大きな張りのある声が隣のベッドから聞こえてくる。

「最初に結婚した女にはほんまに可哀想なことをした」年下のお爺さんの左腕に穿刺《せんし》しながら看護師さんが訊いている。「えっ、どうして？」「結婚したのが早過ぎて、だって、おれ、そのときまだ20歳やったもの」「ああ」看護師さんは穿刺に集中していて、上の空で返事をしているのかもしれない。「生活するのがやっとで苦労かけた、ほんまに気の毒なことをした」

このお爺さん、今の生活にゆとりができたからこんな言葉も出るのだろう。

「お待たせしました」主任の元気のいい声。

「私たち、遅番の、遅番ですね」左隣のベッドのおばあちゃんに、いつも穿刺をしてもらうのが遅いのでそう言っていた。

透析室へ入室するまでに1時間以上、透析室に入ってから20分は待たされる。

でも、今からお爺さんの2番目の奥さんの話が始まるから穿刺はもう少し後でもいい。

「変わりなかった？」「はい、なかったです」即座に返事した。主任はなおも尋ねる。

「出してもらいたい薬とかない？」「ないです」隣のお爺さんの話に耳を傾けていたものだから、上の空で応えた。あれ、何かもらうものがあったような気がして少し考えた。

「あっ、ごめんなさい、ありました、インシュリンを出してください」あわてて訂正する。

若い看護師さんなら忘れないようによく手の甲にボールペンでメモをする。それを見て書いたメモをなくしてしまうようなこともなく、いい考えだとは思うのだが、手の甲は洗わないのだろうか、ともいつも思う。

数10年前からの糖尿病で、その合併症で腎臓が機能しなくなり人工透析になった。生まれつきの腎臓病で透析するようになった患者もいるが、大半の透析患者は糖尿病からだった。以前、議員の人が、「そういう透析患者は自業自得なわけで、税金を使ってまで助ける必要はない」と言って物議を醸し出していた。確かにその通りだけど、でも透析患者は死んでしまえは言いすぎ。

糖尿病患者でインシュリン注射をしている患者は少ないが、私は食事のたびに注射をしている。外食したときなど最初のうちは人目を気にしてトイレなどで打っていたのだが、不衛生だし、最近では食事をしたテーブルで打っている。

耳を澄ますと年下のお爺さんのベッドが静かになっていた。どうやら穿刺が終わって看護師さんが他のベッドに移動したようで、お爺さんの2度目の奥さんの話は終わってしまっていた。ほら聞き外したじゃない。

以前、私は風呂嫌いな患者の隣に寝かされ、夏場は生ゴミの臭いが漂ってきたことがあった。

幾日かしてやっとそのことを担当の看護師さんに訴え、ベッドの場所を変えてもらった。

早朝から別室で心電図の検査があり、順番がこの患者のすぐ後。これだけはベッドを替えてもらうことが出来ずに手持ちのタオルでベッドを拭った。

どうやらこの患者の家の風呂が壊れていて、週1回銭湯に行っているらしいのだが、そのときは髭も剃ってすっきりとして病院へ来る。だが、臭いは消えておらず、一度も洗ったことのないパジャマが原因のようだった。

「髭を剃ってきたら男前が上がったわ」と主任はしきりによいしょする。

最近、オムツをするおばあさんが隣のベッドにやってきた。透析の間中、排便の臭いが漂い、頭が痛くなった。4時間の透析時間に気が紛れるかと思い、持参したお菓子にも手を付ける気がしなかった。明日は我が身かもしれないのでしばらく我慢していた。透析をするということは、こういうことも引っくるめて受け入れなければならないのだろうか。臭いからは逃れられない、透析をする上で時間と戦いながら、もう一つ、臭いとも格闘しなければならなくなった。毎週金曜日に回診に来る担当医師に直訴すると、簡単に空いたベッドに替えてくれた。自分で主張しなければどんどん劣悪な環境に追いやられる。言わんでもわかりそうなものだが、どうやら言わないと伝わらないみたい。

そういえば、昨年まで隣のベッドに寝ていたミナトさんはお母さんから腎移植を受けて、その後、元気にしているのかな。私も15年前この透析センターの院長から、そういう話をされたのだが、とうとう母にそんな話が出来ないままにきてしまった。母は自分の脳梗塞が食生活に原因があったということにも気付かずにいる。その上、私の透析が「週に3回あるの？」なんて、透析開始から10年もたつ今になって訊いてくるという関心のうすさ。腎移植という方法があるんですって、と母の口から言ってもらわなければ、こんなことを頼むのはとても無理。

ミナトさんは透析して可哀想だからと、母親から腎臓移植のことを切り出してくれたということだった。それでも、そのことをミナトさんの妹さんが反対するというようなこともあったが、手術は成功したと聞く。

透析には、腹膜透析という自分でやる透析がある。腹膜にカテーテル手術をし、そこからの腹膜液の交換は1日数回で1回の時間は30分で魅力だが、数回というのがくせ者。患者によってより多くやらなければならないのだろう。海外旅行にも腹膜液を携えて行って、ホテルの部屋で交換する。わあ、これはいい。ただ細菌に注意が必要で、透析を長期に行うときはやはり血液透析をすることになるという。なーんだ、やっぱり今やっている透析を受けることになるのだ。

日本に透析が導入された4、50年前はそれにかかる費用は自費で、月に3、40万円かかり、田畑を売ってお金を作っていたと言い、それがかなわない人は自殺する人も多かった。そこで患者や患者の家族が立ち上がって患者会を結成し、国会の周りをデモ行進して嘆願などして今のように保険を使って透析が出来るようになり、医療制度や福祉制度も充実した。そのことを知らない新たに透析を始めた患者は、患者会に入会することを簡単に拒否する。

透析自体も最初のうちは透析が終わってみないと、どのくらいの水分量が抜けたかわからなかった。8時間透析を受けて、全然水分が抜けていないこともあった。そんな話を聞くだけで血税を使って透析を受けられるということだけではなく、現代の透析はその恩恵に授かって受けられているありがたみをしみじみと感じ入る。

ベッドを使用する度にシーツを替えてくれるわけではなく、一つのベッドを4人ほどの患者が使い回す。私は家から持って来た薄手のベッドマットを広げ、タオルケットを掛ける。病院の枕は硬くて高いので、これも自分で持って来た物を使う。枕元のテーブルに置かれた体温計で熱を計る。37度以上だと計り直しをさせられ、もう一度計っても変わらなければ血液検査をする。

以前、血液検査で白血球の値が高く、炎症反応があったので、4時間の透析終わりに点滴をすることになった。午後から同じベッドを使用する透析患者がベッドの横に来て、私の点滴が終わるのを待っていた。点滴にかかる時間は変わらないのだから、そんなに焦らせてもどうしようもない。私が体重を増加させてきて、その水分を抜くために、いつもの透析時間を延長していると、その患者は思ったのかもしれない。3回ほどそういうことが続き、他のベッドが空いてないのなら、看護師さんも私の透析時間を早めるとかすればいいのにと思ううちに、炎症反応もなくなり点滴の必要もなくなった。今回の白血球が増えたのは、担当医が言うのには私の躰に、口からかあるいは鼻から菌が入ったからだと言う。

私の穿刺は難しいのか、たいてい主任がやってくれる。

シャントのある左腕を見て若手の男性看護師が言った。「ああ、これは室岡くんには難しいかもしれない」少し熟《こな》れた彼に、その新人の室岡くんが病院スタッフの食堂で言っていたそうだ。

その朝、私に穿刺したのが室岡くんで、「ムズくて、失敗しそうだった」

彼らは休憩時間にそんな話をするんだ。看護師同士がそんな話をするということを初めて知った。

もう終わりにしていいよ

上野町の診療所が西之内の新しい建物に移転して、透析センターという名前に変わった。1階が更衣室で、2、3、4階に透析室がある。私は3階で受けているのだが、場所が変わっても変わらないものがある。診療所のときに隣のベッドだったシマさんが2つ離れたベッドにいる。確か2歳ほど年下の見るからにお爺さん。

じゃあ、私は2歳年上のお婆さんかというと、そうではない。まだお婆さんではないと思っている。

私は透析中テレビを見ないのでイヤホンを使わない。だから周りの会話が嫌でも耳に入ってくる。すぐ右隣のベッドは92歳のモン爺さん。

このモン爺さんは躰ががっしりと大きく頭もしっかりとしていらっしゃる。ただ、耳のほうが少し遠く、その上いつも音楽プレーヤーを聞くのにイヤホンをしているので看護師さんは大声で話しかける。ああ、そうそう、足も少し弱くなって車椅子に乗っていらっしゃる。

その向こう隣の9年来の透析仲間シマさんも最近車椅子で移動している。最初に出会った頃は車椅子を手押し車代わりにして歩いていた。

「透析が終わった後、『今から山に行ってくる』なんて、元気なこと言っていたのに、無理したのがあかんかったんやな」透析歴34年の先輩が言った。

透析が終わってからスポーツジムに行っていた私もすごいが、山に登ってくるっていうシマさんには驚いた。

毎朝、透析センターの中庭の藤棚の下でスクワットをする女の子がいる。これも透析歴の長い先輩から聞いた話なのだが、「泉州マラソン大会に出たいから頑張っているんや、そやけどあの子、坂口憲二と同じ病気なんやてよ」筋萎縮症や大腿骨壊死とかいうあの病気。半袖のTシャツからタトゥーを覗かせて、結構なヤンチャ娘と思っていたけれど、前向きに生きていてえらいなあ。若いからやろか。ひがんで生きていない、実にいい。みんなそれぞれ、色んなものを抱えている。

あれ、あの時計止まっている。透析室の白い壁に取り付けられた丸い時計の針の動きが、やたらに遅く感じられる。隣のモン爺さんが3時間透析で、最近の私は4時間の透析を受けている。だからモン爺さんが帰った後もうひと頑張りしなければならない。

透析センターがここに出来る前、実はカンカンのベイサイドモール横の海沿いに建設される予定だった。病院理事長はそこの最上階から海を見下ろして仕事することを夢見ていた。

ところが震災があり、その上、自分自身が透析を受ける身になってしまい、それらの話は白紙に戻った。その理事長が特別待遇というわけではなく、みんな平等に透析を受けている。

「ちゃんと市役所の人に言うんやで、『毎日、酸素ボンベを使わなければならないから保険の手続きをお願いします』って、言うんやで、わかった」透析中のシマさんに、担当の看護師タカさんの子どもを叱りつけるかのような声が聞こえてきた。このタカさんのことをみんなは厳しいと敬遠するけれど、患者さんに一生懸命、親身に接していればこそのことなのだ。以前、担当されたことがあったが、私はタカさんにかわいがられていたほうだと思う。やることをきちんとやっていれば優しい看護師さんだった。そうか、シマさんは酸素マスクが手離せなくなってしまったんだ。週1回の担当医師の回診のときも食欲がないと言うのが聞こえてきて、入院を促されたのだが、どうやら拒んだようだった。それで先生がシマさんの奥さんと話がしたいと言って、やって来た奥さんと別室で話をしていたときのことだった。

「もう、終わりにして」シマさんのか細い声が聞こえた。それから、どんどん血圧が下がっていったのだと思う。

血圧が下がりすぎると眠たくなる。私も上の血圧が、75くらいまで下がったことがあって、そこを鬼の看護師さんから、「起きといて」と、まるで拷問のような言葉を浴びせられた。

だが、今はそういうこともなかった。急に慌ただしくなった気配がして、シマさんのベッドのほうを窺うと、ベッドの周りに白い布の張られた衝立が立てられシマさんのベッドを覆った。

看護師さんたちがわらわらと集まっている。余程のことがないと顔を出さない看護師長さんの顔までもが見えた。担当の看護師のタカさんが、「シマさん、シマさん、大丈夫？」と声をかけるが返事はなかった。「とにかく処置室に運ぼう」と看護師長さんが言う。

「隣の酸素マスクの人はどないした？」２日後、モン爺さんが新米の看護師さんに訊いた。「いや、ぼくは知りません」まさか亡くなったなんて言えないよね。「誰にも言わへんから教えてくれ」モン爺さんはわかった上で訊いている、と思った。「ぼく、人のことは言えません、モンさんのことも人に言いませんし」新米看護師室岡くんのいかにも困ったという声。

モン爺さんは誰にも言わないかもしれないけど、耳が遠くて声が大きいから部屋中に聞こえているよ。聞いてどうするつもりなのだろうか。

別の日、モン爺さんはまた他の新人看護師さんを捕まえて同じことを訊いている。

この爺さん、油断できない。どんな応えを期待しているのか、そんなに看護師さんを困らせんといてあげて。その少し熟れた看護師さんは言った。「入院病棟で透析を受けていますよ」嘘つき。

担当の看護師タカさんがシマさん大丈夫と言ったのも、周りの患者に気取られないための芝居で、そのときすでに息をしていなかったのだ。

実はその後、帰り支度をすませた私はタカさんと通路で出くわした。「さよなら」と手を振ったのだが、いつものタカさんとは違う表情をしていて、ちょっと突っついたら今にも泣きだしそうな感じ。いや、もう泣いた後だったのかもしれない。

「もう、終わりにして」シマさんの声がときどきリフレインする。

透析患者は死ぬ間際までしんどい透析を受けなければならないのか。だが、あそこで終止符を打つとは、看護師さんは夢にも思わなかっただろうし、本人でさえ予期していなかっただろう。

こういうことを考えるとき、夏目漱石の『吾輩は猫である』の猫が水瓶に落ちたときの最後の台詞、「もうよそう。勝手にするがいい」が浮かんでくる。

「透析はこれぎり御免蒙るよ」と言ってみたい。娘にこんなことを言うと、「透析患者は血税で命を救われているんだから贅沢を言いなさんな」と手厳しい。

送迎バスの中で出発までの時間待ちをしていた。窓の外を窺っていると、透析センターに向かってダークな色のスーツを着た男性が、空のストレッチャーを押していく。

看護師さんならともかく、スーツ姿の男性がなぜ？　疑問はすぐに解けた。今度戻ってきたときはストレッチャーが白いシーツに覆われていた。そこには明らかに人型があった。

透析センターの医師や滅多に顔を見せない看護師長の姿までが見えた。見慣れた看護師主任の顔もあり、みんなで葬儀社の男性が押すストレッチャーを見送っている。

ああ、今日も透析患者の誰かが旅立ったのだ。

燃えるゴミ

これで何度目になるだろうか。母のタンスにある服を抱えられるだけ抱えては、実家と実家の斜め向かいにある病院とのあいだを往復していた。

母は担ぎ込まれた救急病院に1週間ほどいることになり、次の日の明け方3時に、私は病院からタクシーを呼んでもらい実家へ戻った。本当なら、その日、透析へ行かなければならなかったのだが、入院に必要なものを揃え病院に持って行かねばならず、すると夕方の飛行機になるので透析には間に合わなかった。明日に変更してもらうほかない。

この後、都城で旅行透析を受け入れてくれる医院を探し、岸和田の家と都城の実家を行ったり来たりすることになった。

その後、母は実家の斜め向かいの整形病院へ転院してきた。入院病棟の2階の窓からは自分が丹精した庭の花々が見えるのだが、ベッドに寝たきりの母にはそれも叶わない。脳梗塞の後遺症で右手足が動かしにくくなっている。母は他に見寄もないので、この地に生きる必要もない。私の住まいのある岸和田の施設に申し込んで、そこに空きが出るまでこちらの施設でやっかいになることにした。そのため整形病院には2週間ほど居て、少し離れた所にある老人施設に入所することになり、そのための引っ越しの準備を始めた。

今年の1月に89歳の父が亡くなり、葬儀の後1日だけ片づけるのを手伝って、「また来るから」と岸和田へ帰った。癇性なところのある母はその後が待てなかったらしく、見積もりも頼まずにリサイクル業者に運び出してもらい、6畳2間分の荷物を廃棄するだけで70万円を請求されたと言う。「早く片づけてしまいたかったの」それでいて下駄箱の中はそのままに父の靴が詰め込まれてある。靴は燃えるゴミの日、月曜と木曜に出せる。ゴミ処理施設が新しくなって、プラスチック類も一緒に処分できる。町のゴミ置き場は歩いて7、8分はかかる公園の前にあった。ゴミを捨てるのに車で行くなんて冗談のようだが本当の話。

しばらくすると、動かしにくくなっていた母の右手足が、リハビリの努力の甲斐あって多少なりとも動くようになった。杖をついて歩く練習も始め、トイレにも車椅子に乗ってひとりで行けるようになった。

これなら岸和田で施設が空くのを待たなくても、車椅子で生活出来るようにリフォームしたマンションで暮らせる。

引っ越し荷物の内容が大きく変わったと同時に、岸和田での母の住まいも探さなければならない。食器の中に高価な漆器があったと言うのだが、施設には不要な品なのでいち早く捨ててしまっていた。「あれ、高かったのよ」また母の「高かったのよ」が始まった。物のない時代に育ったので、役に立たない物でも持っているだけで豊かな気持ちになれるのかも知れないが、そんなことは言っていられない。

包装紙やビニール袋の入ったいくつかの段ボール箱で台所の裏戸口が塞がれてしまっていて、ゴミ箱に入らなかった卵の殻が床にへばりついている。奥の食器棚の前にも箱に入ったままで、一度も使われていない鍋がいくつも積み重ねられていて、それらをどかさないと食器棚には辿り着けない。料理をしない母にどうしてこんなにもたくさんの鍋が必要だったのだろう。食器棚を使うことを諦めたのか、その手前の食卓の上に3段の引き出しのついたプラスチックのケースを3個も並べて食器を入れていた。だったら奥の食器棚もいらないということだ。鍋の入った段ボールを動かすと、埃まみれの化粧箱に収められ、すでに賞味期限が切れている虎屋の羊羹を見つけた。

使い捨て手袋をはめてマスクをしているけれど、埃だけは勘弁してほしい。母は庭いじりに熱心で家事はやらなかったけれど、もうちょっときれい好きだったような気がする。親はいつまでも元気でいるような気がしていたけれど、これが老いるということなのか。長いこと実家に寄りつきもせず、来たとしても昔アトリエに使っていた部屋には泊まれず、ホテルを利用していた。そのつけが回ってきたということだ。

玄関のチャイムが鳴った。

「代金引換のお届け物でーす」

母がテレビショッピングで注文していた商品はそのままゴミ袋へいく。宅配便はこれだけで留まらず、この後何度かこういったことが続く。

流しの下から缶詰、レトルト食品、オリーブオイル、ベトベトに溶けかかった砂糖は何年前の物だろう。父と2人だけの生活だったのに、どうしてこんなに大量買いをしたのだろう。母は物欲で寂しさを紛らわせていたのかもしれない。廃棄するのに缶を開けたりビンの中をすすいだり。もう嫌。

母の靴は部屋の中に置かれた下駄箱に、1足ずつ箱に入ったまま収められている。その箱のまま捨てると嵩張るので、箱は解体して資源ゴミに出す。めんどうくさいなあ。そうそうこの中には海外旅行の折に購入したルームシューズもあると言うのだが、見つからない。

そのことを病室の母に伝えると、「あれ高かったのよ。もう買えないわ、もう買えない」あたかも勝手に処分してしまったと決めつけ、責める口調だった。「それじゃあ、もう片づけるのを止める」と言いたかった。できることなら早く岸和田の自分の家に帰りたい。だが、「もう買えない」のではなく、「もう履けない」と言う嘆きに聞こえ、哀しく私を引き留めた。後に下駄箱でない場所から見つかったのだが、思い違いというか記憶違いは以前からあるので認知症ではないと思うのだが、何でも母は自分の記憶に自信満々で主張し決めつけるところがあるからやっかいだ。その度に「あらっ」ということになるのだから少しは自覚して欲しいものだが、80年以上それでやってきたのだから今更なのだろう。

母が「黄色の靴、黄色の」と騒いでいたのも、「これはベージュと違うの」と病室まで見せに行った。すると、「そうね」と言ったきりで、「これはいらないの」と訊くとあっさり、「いらないから持って帰って」とケロリとしている。あの騒ぎはいったい何だったのだろう。

近所にある早水公園と霧島山を描いた絵は公民館の館長さんの家に届ける約束をしていたと言うので、ショッピングカートに載せ家を尋ね歩いた。「もし、よろしければお父様の絵も戴けませんか」公民館祭りに飾るのだと言う。

父の部屋には襖2枚分ほどの100号のキャンバスがたくさんあって、どう処分しようかと考えていたのだ。ひょっとして初めから母の絵よりも、父の絵が欲しかったのではないだろうか。私も父の絵が好きで、以前、描いてもらいマンションの壁に飾ってある。「故郷の川」と題された水彩画は、遙か向こうに霧島山の稜線がのぞまれ、手前の清んだ川の流れを見ているだけで心が洗われた。

「それはありがたいです」と私が思わず返事をすると、「娘さんはご存じないかもしれませんが、都城でご両親のお名前は有名なんですよ、本当にいいんですか」と念を押された。へえ、そうだったんだ。

絵画サークルから毎年東京新国立美術館に出展していたのは知っていたし、羽田空港で母と落ち合って毎年、観にも行っていたが、有名だとは思いも寄らなかった。

館長さんがバンで家まで取りに来てくださるということだった。

衣装持ちの母の服は食器を捨ててしまうようなわけにはいかなかった。洋服ダンスの中から10着ほどを抱えて、病院の裏口のスタッフ専用の急な階段を上がり、エレベーターで2階の病室へ向かう。ベッドの上に服を広げて見せる。「これ要るの、これは持って行くの」母は1枚、1枚手に取って、何の折に購入した服だとか説明しだすのだが、ゆっくりと聞いてあげたいけど、早くして欲しいので所作も荒々しくなる。整形病院にいる今の間に選別作業を終わらさなければならないのだ。

実家と病院の間を何度も何度も行ったり来たりして、汗まみれになりながら、それでも母にチェックしてもらう作業はなかなか終わらない。タンスから溢れ出た洋服を吊したハンガーラックがようやく片付くと、奥のタンスの前に置かれた、埃の積もったバッグの入った箱やら、絵の材料などを動かす。すると閉ざされたままだったカーテンにやっと辿り着いた。そのカーテンを開けるとガラス戸があり、何と驚いたことに、そこは納戸の入り口になっていた。中には布団棚があり、その前にもまた洋服掛けが置かれている。先日もピックアップしたはずのグレーや黒のスラックスが、更に十本ずつ掛けられていて形も色もほぼ同じ。「お母さん、何でこんなに同じ物があるの、ひょっとして買ったことを忘れてしまっているの」「そうね、忘れてしまうの」年齢相応の物忘れだろうか。だけど同じ物ばかり要らないよね。忘れてしまっているくらいだから「後はみんな捨ててちょうだい」という言葉を待っていた。母は未練がましく手に取り、選り分けている。選び終わった服を抱えてまた実家に戻るのだ。

「ええ加減にせえよ」病室から廊下に出ると思わず口からこぼれた。担当の看護師さんが目を丸くしているのに気付いたが、私は愛想笑いもできずにいる。

こちらで生活をするようになっても、週に3回は人工透析を受けるという生活は変わらなかった。

次の日、透析が終わると病院の車で実家まで送ってもらい、その日の食料を手に入れるため再び実家の門を後にした。雨がポツリポツリと落ちだした。徒歩で15分ほどのスーパーへ向かう。爽健美茶を10本、歯ブラシにポリデント、母に頼まれた買い物も結構多い。

岸和田の家族はどうしているだろう、ちゃんと食事できているかな。

そうだ、実家の登記簿の名義変更もしておかなければ家を売却出来ない。父が3カ月前に亡くなってからそのままになっている。傘を差し、ショッピングカートを引っ張りながら戻ると、玄関先や縁側に大量のゴミ袋が溢れかえっている。燃えるゴミの日にカートに載せ、ゴミ置き場を何往復しても、捨てても、捨てても、またゴミは減らない。

思わず母に愚痴をこぼすと、「お父さんのゴミも大変だったのよ、あのとき頑張り過ぎたから脳梗塞になってしまったのよね」ああ、そうですか、それは大変でしたね、でも、もう少し身の回りを片づけておいて欲しかった。母の頭には物欲が強すぎて、終活や断捨離などと言う言葉は存在しないのだろう。

人の家の埃に埋もれてゴミと格闘する日々。ああ、もう、たくさん。そうだ、どうしてもっと早く気付かなかったんやろ。玄関の下駄箱に置かれた物置の鍵を握りしめ、家の裏に回る。物置にはこの冬の使い残しがあるに違いない。プレハブの物置の扉を開けた。ほら、あった。意気揚々とポリタンクをぶら下げて部屋に戻った。父の部屋から台所、リビング、母の部屋まで、くまなくポリタンクの中身をぶちまけた。ツーンとした刺激臭が鼻をつく。父の遺影の置かれた仏壇からマッチを取りあげ、火を放つと、古い木造家屋は火の周りが早く、慌てて玄関を飛び出した。母の入院している病院の玄関先で、今し方患者を降ろしたばかりの空のタクシーに飛び乗った。今なら宮崎空港から伊丹空港行きの18時の飛行機に間に合う。やっと岸和田の家へ帰れる。

タクシーの車窓越しにけたたましく鐘を鳴らし、反対車線を走り抜けて行く赤い消防車を見送った。「火事ですかね」「ええ」タクシー運転手に気怠そうに返事した私は後部座席に深々と身を沈め、久々に穏やかな気持ちになれた。ああ、やっと終わった。

しばしの空想から解き放たれて、こうできたならどんなに爽快で楽だろうかと、私は深々とため息をついた。目の前には片付かない荷物が、相変わらず溢れ返っていた。

まわりは敵ばかり

「今日ね、リフォーム業者の人が、『お風呂を見せてください』って来たの」母が何故かうれしそうに言う。「えっ、それで中に入れたの」少しギョッとしながら訊き返した。「それがね、鷹尾の人だったの。都城の家の近所にあったでしょ、あそこの人だったの」ウキウキとした調子。

もう売却してしまった都城の実家近くの鷹尾は、私が中学生のとき2年半を過ごした所だから、もちろん知っている。

「だから、家に上げたの」また同じことを訊き返した。「うん、お風呂を見て、『まだ、工事の途中なのかな』ですって」冗談じゃない。

母が脳梗塞の後遺症で車椅子での生活になり、都城から引っ越して来る前に、バリアフリーのリフォーム工事は完璧に仕上がっていて、準備万端でここ岸和田のマンションに迎え入れたのだ。それに母だって、浴槽の中には入れないにしてもシャワーは使っているはず。

「都城にだって悪い人はたくさんいるし、お母さん一人暮らしなんだからもっと用心しなくちゃ」つい口うるさくなる。不用心過ぎる、自分が車椅子に乗っていて身動きがとれないという自覚があるのだろうか。「だって、私、お友だちいないもの」甘ったれたことを言っている。私は母のお友だちになれないし、なりたくもない。「だったらデイサービスに行ったら。近所の友だちのお母さんも九州から来て鬱気味になってしまっていたのが、デイサービスに行きだしてすごく明るくなったって」「いやよ、施設はいや」「どういう所か行ったこともないのに決めつけて」母の決めつけ思い込みは激しい。「都城で施設に入っていたから行かなくてもわかるわ」

都城の施設は4人部屋で、隣の人は認知症。ベッドとベッドの間の間仕切りのカーテンの下から、真夜中にその人が顔だけ覗かせてじっと見ていたそうだ。

「『キャー、幽霊かと思った』くらいの大騒ぎをしてやったらよかったのに」

私は言ったのだが、どうして、そのとき大騒ぎをしなかったのだろう。沈黙は美徳とでも思っているの。あるときは、その人が自分のオムツにした排泄物をその間仕切りのカーテンになすりつけて、それがいつまでもぶら下がっていたという。そのことをヘルパーさんかケアマネさんに伝えたら、部屋を替えてくれてもう少し快適に過ごせていたのではないだろうか。

母は友だちがいないなんて言っているが、つくろうとしないだけ。

マンションのご近所さんが勧めてくれる、町会の65歳以上が集う「いきいきサロン」へも行きたくないと言う。

25年前の平成2年まで泉大津に住んでいた。そのときの職場仲間が訪ねて来てくれると言うのも電話で断っている。プライドの高い人なので今の姿を以前の知り合いに見られたくないのだろうか。自分から付き合いを絶っているのに甘えたことを言いなさんな。それに現状を受け止めて、今を楽しんだらいいじゃない。繰り言ばかりの母に、「過去のことばかり言ったって詮無いことでしょ。将来に希望をもって明るく生きなきゃ」「私には未来がないもの。過去しかないもの」

だったら、こんなに大変な思いをして岸和田に住まいを得たのは何のため、私の苦労は何だったの。それなら、いっそのこと朽ち果ててしまうまで都城の施設で暮らしたらよかったのよ。

私は週3回の透析に行かなければならないけれど、その空き時間をうまく活用して、決して悲観的にならずに人生を謳歌しているよ。

25年前の泉大津から故郷の都城への引っ越しにあたっては父の強い思いがあり、それを押し切られる形だったらしい。父と母の年齢には9歳の開きがある。だから母は勤めていたデパートでまだまだ仕事がしたかったと、一人で大阪に戻って来ようと考えていたと言う。

実行しなかったことを今更悔やんでも始まらない。

そのときは、「田舎は嫌、大阪はよかった、大阪に帰りたい」と溢していたのに、それが大阪に来たら同郷人をやたらに懐かしがる。

「お風呂の下から土が出てきているのかしら、茶色くなっているの」リフォーム業者に何を吹き込まれたのか知らないが、おかしなことを言いだした。「リフォーム業者に何か言われたの」「そういうわけじゃないんだけど」私の声がきつかったのか、母の声が小さくなる。

風呂場に行き、浴槽の下を覗き込んだ。

「どうもなってないよ」目の悪い私が見ても何の異常もない。

「でも、茶色くなっている」こう言いだしたら私の言うことが信憑性に欠けるのか、しつこい。毎週、ヘルパーさんが掃除してくれているのだから湯垢さえ付いていない。だいたいコンクリートの11階建てマンションで、お風呂の下が土で出来ていたなら、ドンドン流れ出していって建物が崩れてしまう。通院しているクリニックでＭＲＩ検査をして、脳には異常なしのお墨付きをもらっているはずなのに。

夫が休みのときに風呂の浴槽の外蓋を外してもらい、母に見せると、やっと納得した様子。

「影がそう見えていたのね」やれ、やれ。

ある日のこと、買い物を頼む母が言った。

「あまり甘くないのがいいいんだけど」「お母さん、ポリデントは味見できないから、甘くないかどうかはわからないよ」困ったな。車椅子生活をする母によく買い物を頼まれる。どの商品でもいいというわけにはいかなくて、拘りが強いので細かい指示を出される。重たい物や嵩高い商品はインターネットで注文し宅配便を利用する。三越のカタログショッピングもお買い物好きな母の楽しみのひとつだ。

母は週2回のリハビリを受けている。暖かい頃は歩く練習に、玄関前の通路を母の住まいのある13号室から3号室あたりまで杖をついていた。初めのうちはそれに付き合い玄関前に佇んで、ただ母の歩く姿をボンヤリと見ていた。今は寒いので部屋の中をグルグル回っているそうだ。以前の担当だったリハビリ師の男性が、「枕の下にお金を隠しているんじゃないの」なんてことを言ったものだから気色悪がったので、その時間に私も居合わせるようにした。そのリハビリ師のリハビリ自体がなおざりな感じだったので結局その人にはやめてもらい、若い女性に担当が変わったおかげで付き添う必要もなくなった。

成果のほどは以前から杖をついて歩けていたのだが、都城の施設を退所してすぐに転倒してしまい、それがトラウマになってか、また転ぶことを怖れて車椅子が手放せなくなっている。

「爪切ってちょうだい」と指先を目の前に差し出す。「施設では切ってもらっていたの」おお、そんな恐ろしいこと、目の悪い私によう頼めるなあ。人差し指をつまみ、「私も透析の病院では看護師さんに、『誰に爪を切ってもらっているの、よく見えないときは切ってあげるから言ってね』って言われる立場なんやで」爪を切りながら私は言った。「痛い」母は指先を慌てて引っ込めた。「あっ、ごめん」案の定、深爪をしそうになったようだ。だから言ったでしょ。「もういい、自分でやるから」うん、自分で出来るなら、そうしたほうがいい。

私左目の視力がないから遠近感がうまく摑めない。そのことを母も知っているはずなのだが、忘れてしまったのだろうか。20数年前にやった網膜剝離の左目の手術は手遅れの手術だったので、それをやっても、やらなくても左目は失明した。しかし、1度目の手術を受け退院後、眼圧が異常に高くなり、2度目の手術で緊急入院した。そのとき母は宮崎に住んでいて、私のマンションを拠点に、信州の友だちの所へ遊びに行く予定をたてていた。「目の手術をしないといけないから」と1度断った。だが、その1週間後、その信州行きを強行しようとして押しかけて来た。「『信州に行く、行く』と、信州の友だちに言いながら、2度もキャンセルしたのでは格好がつかないから」と母は言ったのだ。だったら都城から直接、ちゃっちゃっと一人で行けばいいのだ。母が家に来た翌日に吐き気がし、病院に電話をするとすぐに来院してくれとのこと。

眼圧が異常に上がり、手術、入院が3度繰り返された。網膜剥離の術後、私はうつぶせ寝の辛い状態が続く中、母は小学校が春休みの娘を伴って信州行きを強行した。私の躰よりそんなに友だちへの見栄のほうを優先するのかと、大きな遺恨になったのは確か。そのときのことを思い出すと、母はつくづくすごい人だと思う。

家に帰り娘に話した。

「『施設では切ってもらっていたの、爪切って』とお祖母ちゃんに言われた」「『それなら、施設に帰れば』って言えばよかったのに」ああ、なるほど、確かに、思いも及ばなかった。

リハビリ施設もある脳外科へ母に付き添って行った。介護タクシーに同乗してクリニックに着くと、運転手さんが車椅子を押し院内の待合室まで連れて行ってくれた。

私はただ付き添っているだけで、何もすることがない。診察室から母が呼ばれた。

「こんな食生活をしていたらまた脳梗塞で倒れますよ」女医さんは母の血液検査の結果を見ながら言った。

自分が脳梗塞になったのは、「お父さんの部屋を片付けるのに頑張りすぎちゃったから倒れちゃったのよね」と言っていたのだ。1月に父が亡くなり、その後の4月に母は脳梗塞で倒れた。自分で招いた病気まで父のせいにされたら可哀想。

岸和田に母が移り住んでから、透析が終わると送迎バスには乗らず、30分の距離を歩いて帰る途中でスーパーに寄った。家に帰ると直ぐに夕飯の用意をする。野菜中心の晩ご飯を母のところに届けるためだ。あるとき、ケアマネさんに話していた。

「この子の作る料理、結構美味しいんですの」ちょっとくすぐったいような思いで聞いていた。

しばらくして、「もう、晩ご飯、持って来てくれなくていいわ」と言い、どうやら生協の宅配弁当を取るみたいだった。息をつく暇がなかったので正直ホッとした。

「もういいッ、自分でやるから」

雷が落ちた。母は何年かに一度、突然ヒステリックになり大声で怒鳴りつける。

そうやって爆発するから脳梗塞になるんやで、なんて冷めた見方をするのも一因かも。

母には健康なときから常々そういうことがあり、脳梗塞の後遺症で自分の身動きが取れないことに苛ついている、ということだけではないようだ。今回も母の用事でのことだったのに、「だったら、もう知らないッ」とこちらが言いたかったが、あいにくそういうことの出来るたちではない。

　ここのところ私は腰痛が激しくて、母から借りたピンクの杖をついても歩くのが少々困難だ。

　透析をしている病院の整形外科でＭＲＩを撮る日と、いつも付き添って行っている母の脳外科のクリニックの日が重なってしまい、申し訳ないが整形を優先し、クリニックの予約の変更を頼んだとたん、「もう、いいッ」と落雷。母は今まで嫌がっていたヘルパーさんに依頼し、病院まで付き添ってもらうことにしたと言う。

「ヘルパーさんが『またお迎えに来ますね』って帰ってしまったの。私は病院の出入り口付近に車椅子を止められて、そこの扉が開くたびに風がスースーと入ってきて、寒くて風邪をひきそうだったわ」と文句を言った。その話を聞いて呆れてしまった。「お母さん、自分で車椅子を動かして温かいところに移ったらよかったじゃない」「あら」本当ね、という表情をした。

　母が都城の施設から岸和田のマンションへ移り住んだ最初の正月は、お節料理を予約して二人で突っついたのだが何か味気ない感じがして、それ以降はお節を取らなくなった。暮れになると、松風町と母の所と、それぞれにお正月用のアレンジメントフラワーを届けていた。

「花びらが落ちた後が汚らしくなるから、花はもういらないわ」と断った母には届けなくなった。近くに住みながらなかなか顔を出せないでいる松風町でのお正月のこと。「貝塚にお墓を買うたよ」台所と居間の間を忙しく往復する姑が言った。「ウチにはお墓を引き継ぐものがおらんから、永代供養墓を買ったさかい、小さいお墓や、お骨をちょっとずつ入れたら6人でいっぱいやわ」それは松風の両親と義弟、長男夫婦、嫁にいきそうもない孫の分も計算に入れてくれているのかしら。

母の所へ行って訊いてみた。「『お父さんと同じお墓に入るのは嫌』って言っていたけれど、お母さんはどうするの」以前、こう言っていたのだ。「あんたたちと同じ所に入れるか、樹木葬でも何でもしてちょうだい」それは無理というもの。「松風でお墓を作ったって言っていた。まさか、『私は別のお墓に入れて』なんてことは言えないからね」

母のようなことは言えないし、言おうとも思わない。

都城に置いてきたお墓を墓終いしてほしいと、母は私をせっつき急がせた。そのまま置いていたら、亡くなったときに父の眠るお墓に一緒に放り込まれるのではないかと危惧しているのだろうか。「墓終いをしてしまったら、シヅ子さんはどこのお墓に入るの」母の4人目の母親で認知症になって、今では都城の介護施設に入所している。都城に置き去りにしてきたのだ。

母が岸和田に行くと聞いて、義祖母の施設の人が慌てた。「司法書士の成人後見人をシヅ子さんにつけてください」その手続きもすませた。「シヅ子さんに万が一のことがあったら葬儀はしないよ」と言うと、「そんなみっともないこと出来るわけないでしょ、もういいッ、お母さんが自分で行くから」また怒りだした。みっともないって誰に対してだろう、介護施設の人たちに対してなのだろうか。施設の人たちは忙しくて葬儀に来てくれる暇なんか、あるわけないじゃない。親戚付き合いがなくなって、父の葬儀にも父の信心する宗教関係の信者さんばかりが集っていた。もうすぐ100歳になる義祖母には知人も友だちもいない。知り合いもいない都城の葬儀場で、ただ一人ポツンと佇む自分の姿を想像するとゾッとしてしまう。だから葬儀はしないと言っているのだ。「シヅ子さんの貯金通帳に記帳をしておいて」と母。「後見人の司法書士に送ってしまっているから、手元にはもうないの」「あれには結構お金が貯まっているはずよ」だから、葬儀はきちんとやってねと言いたいのだろうか。その頃、私もよくわかっていなかったのだが、一度司法の手に委ねると貯金の殆どが国へいってしまい、遺族のもとへは僅かばかりしか返されないということだった。

このところ足が痺れて歩きにくくなってから、母の所へはあまり行ってない。

以前、母の用事のことなのに怒鳴られてから、あまりうるさくしないよう気を遣っている。

何かあればメールしてくるだろうし、少々身勝手な態度に気分を害し、それが足にブレーキをかけるのも確か。怒鳴りつけられてまで誰が行くものか。

普段の母の話し言葉は上品ぶっているが、そういうときは人が変わる。「あんたはもう、何回も何回も疲れる」母の「あなた」が「あんた」に替わったら要注意。人には「……でございましょう、……ですの」といった調子。

母の住まいには専有庭が付いている。ある日、3軒ほど先の知人から電話がかかってきた。「おばあちゃんの家のお隣の人が言うてたんやけど、おばあちゃんちの庭の木がお隣の庭に伸びてきて、『これは切ってしまってもかまわないやろか』って、言ってはってん」

「どうぞ、どうぞ、切ってしまってください」と私は応えたものの、そういうことではない。ほうっておくわけにもいかず、電動のこぎりを持参し、夫と草むしりをしに行った。夫一人に任しておけず、腰が痛いと言っていられなくなった。木の枝や刈り取った草は45リットルのゴミ袋3袋分あった。

それからしばらくして、ベランダの窓から庭を覗いてみると、除草剤を2回撒いたにも関わらずしつこく草が生繁っている。

「草刈り鎌やスコップは引っ越し荷物には入れてくれなかったのよね」母が尋ねた。

「ごめん、持ってこなかった」何を謝ったのだろう。だいいち荷物に入れてなんて、言われてへんし。

「いいわよ、庭いじりができるようになったら、また買えばいいんだし」とまともに返事をする。母は自分の躰がそこまで回復できると思っているのだ。希望をもつのはいいことだが、期待しすぎると生きる気力まで削がれてしまうのではないだろうか。


「お母さん、頼み事をするときはお願いしなければいけないよ」「ええー」そんなの嫌と言わんばかり。「小遣いを握らせてやってもらう」

なんてことを平気で口にするのだ。そりゃ、娘はお金で動くようなところはあるかもしれないけど、娘の母親の私としてはそんなことを言われたらいい気がしない。それに行く度に小遣いを握らされ、彼女がそれを遠慮するので、「生前贈与、気にせんと、もろとけ、もろとけ」と言っていたのだが、それ欲しさに行っているような気がしたのか、小遣いを握らすことによって彼女の足がますます遠退いてしまったようだった。

「あの人にはお菓子でつる」なんてことも言う。「そんなこと言わないほうがいいよ」「他の人には言わないわよ」平然としている。そういうことじゃなくて、すごく品のないことを言っているのがわからないの。

「あの人じゃなく、いつもお世話になっているんだから名前で呼んで」とも言っているのだ。

何かをしてもらう前からお礼のことを考えている。「また、お礼のことを考えなくちゃいけない、お礼は何をしたらいいのかしら」感謝の気持ちはないの？

子どもの頃から、父の悪口を子守歌代わりに母から聞かされて育った。

両親は従兄同士で、幼い頃に父の家に預けられて育ち、自分だけ虐げられたという積年の恨みもあるのだろう。

母が8歳のときに、祖父は公安の仕事で中国の天津に行き、そこで祖母が亡くなった。帰国して再び祖父は単身で中国に渡り、母は親戚に預けられる。

川に水汲みに行かされて、木桶が重く汲んだ水が零れ、何往復もしなければならなかった。ある従姉妹の家に預けられたときは、母が終い湯をもらおうと服を脱いで風呂場に行くと、その家の女の子といっても母より年上なのだが、湯船の中に排便がしてあった。

「この従姉妹のワンピースを縫ってあげたら、お返しにキャラメル2粒もらったの、それが美味しくてね」甘いものに飢えていた時代とはいえ、そんなもの縫ってやらんでもええんとちがう。母が14歳のとき、祖父は中国から帰って来て、再婚した3番目の妻は子どもの出来ない人と言っていたはずなのに男の子を産んだ。都城ではいまだに男の子が生まれると花火を打ち上げる土地柄で、その男の子を、それは、それは可愛がった。母はこの義弟をいつも背中に負ぶっていたという。そして中学を卒業すると高校には行かず、洋裁学校に行った。白血病になり60歳で早世した私の従兄、母の甥は祖父から大学入学の資金を援助してもらっていた。だから明治生まれの祖父は、女に学問はいらないと思っていたのではないだろうか。その辺のところはよくわからないが、中卒というのが大きなコンプレックスだった。

掃除をしに来てくれたヘルパーさんとの会話。

「どちらのご出身ですか」「わたくし修猷館を出ていますのよ」

お母さん、誰も出身校を聞いてないやない。確かに県下で1番の高校だからといってもNHK通信教育で卒業できたところでしょ。

10数年前、母と娘と3人でフランス旅行ツアーに参加したことがあった。その中に、初老の素敵な女性がいて、フリータイムのときルイ・ヴィトンに連れて行ってもらった。

「わたくしたちこの旅行が初めてではありませんの、30年前にもフランスに来ていますの」

何を思ったのか急に母が言いだした。そのときの70万以上した旅費は私の奢りだった。

「このスカーフは去年の暮れに買ったのだけど、また欲しくなっちゃって」襟元に巻かれた、地模様にヴィトンのロゴの入ったクリーム色の上品なスカーフに触れながら、その女性は言った。ほーら、いらんこと言うから恥をかいた、と私は内心でそう思いながら笑っていたけれど、娘は苦虫を噛みつぶしたような顔をして、私たちに2度と近付いてこなかった。母は

30年も前の事を自慢げに持ち出したけど、パリに毎年のように来ている人もいるのだ。

帰国してから関空で、「あなたたちの家に泊めてもらおうかしら」と母が言い出し、「おばあちゃんが家に泊まるなら、ウチは家に帰らへん」と娘が囁いてきた。それはまずい。疲れているだろう母が少し気の毒だったが、予定通り宮崎行きの飛行機に乗ってもらった。それ以来、3人で旅行することはなくなった。

18歳のときに家出して、母は映画会社のオーデションを受けた。1次審査が通り、そこへ都城の家から、「ハハ、キトク」の電報が届き、飛んで帰ったところ継母はピンピンしていた。「ああ、あのとき都城に帰らなければよかった、お父さんに呼び戻されなかったら」夢見るような目つきで、そのときの話を何度もした。芸能人は親の死に目には会えないというではないか。電報が来ようがどんな障害があろうが、自分の夢を全うしたらよかったのだ。母は自分の夢が叶えられなかったのを祖父のせいにしているが、自分自身の心の弱さなのだ。

その後直ぐに結婚した。「お父さんに、『家族手当が付くから一緒に暮らさないか』って騙されたの」騙されたって、それ、お父さんのプロポーズだったんやないの、それに結婚式の写真も見たことがある。黒い留め袖に白い角隠しをした母。父は自衛隊に勤務していて、結婚当初から生活費だけを手渡して、やり繰りさせられるのが堪らなく嫌だったと言う。そんなもの母に全財産を握らせたなら、どこに飛んで行くかわからない不安が、父には最初からあったのではないだろうか。

高卒の資格を取ってからデパートに勤めだした。そのとき自分の給料を、「私のお金」と言い、それにすごく拘った。「あなたも自分のお金を別に持っておきなさい」と言った。私が独身の頃に貯めていた貯金は、マンションを購入するときに全部はき出していた。そんなことを言った後、「歯医者に30万円かかるの。すぐに返すから、ちょっと貸してくれない」と言ったのには呆れた。

「お父さん、自分の信じる宗教に全部お金を使い果たしてしまって、1銭も遺してくれなかったの」

この話も、最近まで毎回も聞かされている。父が亡くなった後、貯金通帳にはお金がなかったと言う。「でも、お母さん、お父さんの遺族年金があるから今の生活が出来るんやで、感謝せな」母は三越カタログショッピングやサプリメント、高級化粧品を思う存分購入している。

「そんなのあたりまえのことよ、あんたはいつもお父さんの肩を持って、私がどれだけ苦労してあんたたちを育てたか」母の頬を大粒の涙がこぼれ落ちた。だめだ。母の涙作戦も私の心を動かすことが出来ず、心を冷え冷えとさせた。私って冷たい人間。でもお父さんの肩を持つって、家の中で敵も味方もないもんだ。

同情を買おうとしたのか、夫婦の関係が40歳くらいには終わっていたと、子どもがもっとも聞きたくない話まで始めた。もうダメ、無理。母の家が距離は近くても、気持ち的にはもっとも遠い場所になった。「そんなことをして欲しかったわけではないけれどね」と母は慌てて付け足したが、18歳で結婚しているのだから、そういうことは充分堪能したでしょ。嫌だ、私まで露骨なことを言いだしたやないの、そんなことはお墓に持って行って、お父さんを責めたらいいじゃない。そういえば、お父さんと同じお墓には、入りたくないと言っていたんだ。

そんなことがあり、母の家を訪れるのはますます気が重くなったが、それでもずっと放りっぱなしには出来ず、たまっている郵便受けも気にかかり、たまに顔を覗かせた。

母はこの話をしたら私が驚くだろうと、手ぐすね引いて待っていたみたいなので、いち早くそれを制した。「何か用事ある？　なかったら帰るけど」と言い、廊下に向かい玄関先へ行った。背中に母が大声をぶつけてきた。

「えっ、何なの」リビングに戻ると、「あんた、しんどいんでしょ、帰りなさい」と甲高い声を発した。だから、今、帰ろうとしていたんじゃない。それに、しんどいのは心。母が大声で叫んでいたのはいつも見ている韓国ドラマのタイトルだった。

「家族なのに、どうして」家族とは同じ家に住み生活を共にする、配偶者および血縁者の人々とある。だから母と私は家族ではない。もしそうだったとして、家族でも言ってはいけないことがある。家族だから言ってはいけないことがある。

「この間は驚かせてごめんなさい」母の所へ行くと、いきなり母は謝った。怒鳴ったという自覚はあるんだ。リビングに置かれたテレビは音が消されていた。最近、すっかり耳の遠くなった母はテレビを大音量にするのを近所に気を遣っているのかと思った。「お母さん、どうしてテレビの音、消しているの？　この家の窓は二重サッシだから、大きな音をさせても外には聞こえないよ」と声を張って言った。「韓国ドラマは字幕が出ているから大丈夫なの」「でも耳からの刺激がないと、脳が活性化しないいんじゃないかな」余計なお世話かもしれないけれど、母はそれでなくとも1日中、誰とも話さずに過ごしているときがある。

趣味の描きかけの絵もイーゼルに立てかけられたままだ。

「もう、脳が活性化しなくてもいいの」と母は言った。「もとから、活性化してないけれどね」母に聞こえないほどの小さな声で言った。そんなに後ろ向きのことばかり言って。

都城で母が倒れたとき、自分の躰を犠牲にして飛行機に飛び乗っていた。仮に、翌日、透析を終えてから行こうとしても、ゴールデンウィークで飛行機のチケットは取れたかどうかわからない。到着が遅れて脳梗塞が進行して訳もわからないくらいになっていたほうが幸せだったのだろうか。後ろ向きの人と話をすると私までが後ろ向きになってしまう。

母の家の片付けをするのにひと月、都城の病院で透析を受けた。それまでの6年間、3時間透析を誇ってきたのに、都城から岸和田に帰ってきて検査をするとデータの値がガタガタに悪くなり、あえなく4時間透析に替わった。シャントの拡張手術を初めて受けたのもこの頃だった。詰まった血管に風船を入れ膨らまして、細くなった血管を拡げるのだ。自己管理をきちんとやっていれば、そうはならなかったのだろうが、旅行透析の病院では血液検査まではしてくれないので目安となるものがなかった。透析時間は短かければいいというものではないが、長くやれば精神的負担は大きい。母はそんな私の犠牲も知らない。それどころか透析をして10年になるというのに、あらためて訊いてきた。

「あなた、透析は週に3回」と親指と人差し指を曲げ、ほかの3本の指を立てている。

何を今頃になって。透析に行っている病院と関連する訪問リハビリ師さんから聞いたのだろう。

都城の施設にいたときはそこで知り合いになった人から聞いたみたいで、「糖尿病って、大変な病気なんですってよ」

だから、今の私がいるの。その大変な病気のなれの果てが今の私。何を今更。

自分のラクナ梗塞のことでさえ知らずにいる。テレビでも絶えずそういう番組をやっていて、私が脳梗塞の知識を得たのもそれだった。
「ベッドの下に埃がすごいの」こちらに来た当初、母はそう言ってよくモップがけをさせた。後にヘルパーさんに来てもらい、その必要もなくなった。車椅子に座ったままでも、ある程度のことはできるはずだった。「ここまで頑張ってやったんだけど、奥までは手が届かないの、後はお願い」くらいの頑張りを見せて欲しかった。料理もしない母は、車椅子生活になると台所に立つのをさらに拒否した。ガスコンロのガスは使わないからと止めたまま。それでも美味しいものは食べるのが好きで、むしろ口は奢っているほうだが、自分の手を動かして作ろうとはしない。誰かのために何かをする、そういった目標があればよかったのかもしれない。

岸和田に引っ越してきたとき、娘に車を出してもらい、私と娘の行きつけの美容室に母を連れて行ったところ、えらく気に入ってしまった。

翌月は娘の休日をそうそう潰すわけにもいかず、住まいの近所にバリアフリーの美容室を見つけ、車椅子を押して連れて行き、髪が仕上がるのをそこのソファーで3時間待った。「前の美容室がよかったわ」と帰るなり、美容師のカットの仕方が気に入らないと不満そう。

次の月は介護タクシーを頼み、母がお気に入りの美容室を予約し、行くことにした。ところが介護タクシーは病院への利用しか出来ないと言う。インターネットで探して民間の介護タクシーを頼み、最初のうちは快く引き受けてくれていたのだが、だんだんと利用者が増えてきて手が回らなくなったようだ。数回利用した頃に、その介護タクシーも月に一度の利用者よりも、定期的に通う病院への利用者を優先していると告げられ、なかなか予約の取れない美容室と介護タクシーの空き時間のすり合わせするのに双方に何度も電話した。そんな苦労をしていることを知らない母は、ただ、ただ、その美容室に行きたがった。

この美容室へ行くことには執着し、自分を身ぎれいにすることだけで母の頭はいっぱいで、この点は女優になる素質は充分にあった。

車椅子生活になっても、毎朝、ジョーゼットのチュニックにパンツを履き、パジャマから着替えていた。

そうそう香港旅行に行ったときの忘れられない思い出がある。平成10年の頃、母は60代後半、私は40代後半、娘が中学生のときだ。いつものように母が都城からやって来て、岸和田の私の家に1泊し、関西空港から一緒に出発する手筈になっていた。

私と娘がリビングでスーツケースを広げ、荷物を詰め込んでいた。するとソファーに座った母が、「あなた、そのドレス持って行くの?」「うん、ホテルのタンコートでディナーするから」「だめよ、私、ドレスを持って来てないもの、だめよ、あなたも持って行ったらダメ」

としつこく、母は荷物を詰め込む私の手元を食い入るように見詰めている。ドレスを持って来てないって、お母さん、初めから持ってないじゃない。あまりの執拗さに、それを持って行くのを断念した。ワインレッドに大柄なプリントが施されたジョーゼットのロング丈のワンピース。これを着てのディナーを楽しみにしていたのに。スーツケースに入れるのを諦めた私に、やっと安心した様子の母。次の言葉に驚いた。「私も、向こうでドレスを買おう」それなら、持って行っても問題ないんじゃないの。げんなりした気分で何も言う気がしない。香港へ旅立つ前に楽しさが半減した。60代後半になるという母はまだ私と女を競っていた。

先ほどのお気に入りの美容室は福祉センターの裏手にあったのだが、オーナーが亡くなってしばらく閉店していたカフェ「のだて」に移転した。入店するのに以前の店より階段の段数が増えた。「お母さん、階段を上がれる」「介護タクシーの運転手さんが車椅子ごと、その階段を上がってくれないかしら？」と人頼み。扉の前のスペースはそれほど広くなく車椅子の乗る場所がない。

以前、私が通っていた商店街の美容室なら旧26号線に車を停めて、車椅子の乗り降りくらいは可能だろう。店内への段差がなく車椅子でも行ける。以前、車椅子のお客さんが利用されていたことがあったので、ちょうどいいかもしれない。母にその話をすると、じゃあ行こうと考えていたようで、後にデイサービスに行くことになり、そこで髪をカットしてもらって帰って来たときは、憮然とした表情を崩さずにいた。送って来てくれたヘルパーさんが、「今日、デイに美容師さんが来られたので、カットをしてもらいました」と伝えられ、母の表情に気付いていたが、「あら、よかったじゃない」と流し、そのことについては触れなかった。

母はときどき私の髪に視線をやり、食い入るように見詰めていることがあった。あなたはいいわね、あの美容室に行けて、などと考えているのだろうか。

いくつになっても女を捨ててはいなかったし、むしろそれしかないは言い過ぎだろうか。あっ、ひとつだけ洋裁の腕は確かだった。私が40歳の頃まで、ワンピースなどを縫って送ってくれた。ただ、高級ウールのそれはクリーニングに出さなければいけないので、あまり実用的とは言えなかった。パッチワークキルトのベッドカバーを作ってくれたこともあったが、洗濯して色落ちしているのを見て怒られ口論になった。うちに泊まり、都城に帰ってからわざわざ電話してきた。どうやら芸術作品を作ってくれたようで、私はもういらないと断った。

それが今では針さえ持とうとしない。

母があまりにも何もかも私にいろんなことを丸投げしてくるので、「やることリスト」を作って渡していた。三越のカタログショッピングやサプリメントの通販の電話注文が出来るのだから、電話することは出来るのだろうと思った。

外部と接触し、それが刺激となって自分でやらなくてはと発奮してもらいたかった。

1　永代供養墓の申し込みの電話をする。
2　草取りをケアマネさんに依頼する。
3　商店街の美容室へ電話して予約をとる。
4　その時間に合わせて介護タクシーを予約する。
5　シヅ子さんの葬儀をしないとみっともないと言うのなら、ヘルパーさんに頼んで自分で都城へ行ってください。
6　施設への入所を考えているのならケアマネさんに相談してください。

「ヘルパーさんに『介護施設を見学に行ってみませんか』と言われたの。岸和田駅から近くて綺麗な所らしいわ」「私が暮らすわけじゃないから、私が見に行っても仕方ないし」車を出して欲しいなら携帯に娘のメールアドレスも登録してあるのだから、本人に直接頼めばいい。小遣いを握らせてやってもらえばいい。私は執念深い。「私、行ってみたいの」と、言えば伝えるくらいのことはするが、何も言わない。誰がそこで暮らすと思っているのだろう。後に施設へ入所しなければならなくなったとき、そのヘルパーさんの言っていた施設と同系列のところが春木にあり、そこは重篤な利用者ばかりで母には向かないと言われ、その隣の施設を紹介された。岸和田の施設への入所は、母の年金では月々の支払いがカツカツだということがわかり断念した。実はマンションのすぐ横に施設があるのだが、母はそこを嫌がった。

リストを手渡してからしばらくして母の所へ行くと、「このリストのどれも出来ないわ」と情けないことを言う。どうして出来ないのだろう、やろうとしないだけではないのか。でも、先日、私は母から「あんたはズケ、ズケ、ものを言う」と言われたので、何も言わないことにした。「もういいよ」私があっさりと退いたものだから、「あら、あなた意地悪したのね」どうして、そういう発想になるのだ。

母には被害妄想の癖があって、娘が小学生、私が40歳、母が60歳の頃だった。夏休みで都城の実家に帰っていて、その頃まだ運転のできた私は、父の車を借りて宮崎のシーガイアへ遊びに来ていた。プールサイドで3人はフライドポテトを摘まみながら歩いていた。母はそれをお行儀の悪いこと、という後ろめたさがあったのだろう。擦れ違った女性がチラリとこちらを見たと言う。「フン、何よ、ここではこうやって歩きながら食べるものなのよ」突然キレ、裸足の爪先を蹴り上げた。「誰も何も言ってないじゃない」私は驚いて母を見た。まだ私の耳もよく聞こえていた頃のことだ。「あなたには、わからないのよ」母は人の心が読めるエスパーなのだろうか。

さっきの女性は何を食べているのかしらと思っただけではないの、だいたい私は女性がこちらを見ていたことにも気が付いていなかった。

「お母さん、マイナンバーのカードどこにあるの?」書類に記入する必要がある。「あら、あなたが持っているでしょ」また決めつけた言い方をして。

以前、都城で暮らす母と待ち合わせをして、長崎のハウステンボスに行ったことがある。そのとき、母の予約したホテルを、「前と同じ、ホテル日航なのね」と私が言うと、「あら、前に泊まったのとは違うホテルよ」と言って、母は譲らなかった。「絶対に違う、都城の家に帰ったらわかるから」前に宿泊したときのレシートを捨てずにとってあると言う。

私が岸和田の自宅に帰り着いて何日かして、都城から電話があった。「ごめんなさい、あなたの言う通りだったわ」同じホテル日航のレシートが出てきたと言う。

いつも自分の意見が正しいと主張して譲らない、これでは人との衝突が絶えないのではないだろうか。それよりも気になったのは、そんなレシートを取っておいて一体どうしようと思っていたのだろう。あんたたちにこれだけ奢ったのよと、いつか言われるのだろうか。

今になってわかるのだが、母は整理の出来ない掃除下手だった。現在、母の住まいの寝室に置かれたプラスチックのケースの2段目の引き出しには、整理されていない領収書や洋服のタグ、お金の入った封筒、手紙の類いが雑多に押し込まれている。

母はその引き出しをかき回して、やがて、「これかしら」取り出した封筒は、まだ開封もされていなかった。「お母さん、ここから切り取ってお財布に入れておいたらなくさないよ、ハサミはどこ?」「ええと、どこだったかしら」またあちこちの引き出しを探し始めた。

始終使う物なのに、そんなに見つかりにくい所に置いておくの? まあ、刃物を出しておいたら物騒だわね。「どこにやったのかしら、変ねえ」おお、これは時間がかかりそう、それにハサミって1本しかないの?「お母さん、また見つかったらこれを切っておいてね」私はそう言い残し、自分の家に帰った。

しばらくすると母からのメール。

「どうしても、保険証が見つからないの」えっ、ハサミを探していたんじゃなかったの。「保険証なら、『コピーしなければいけないから持って帰るね』って言ったよ」と返信した。あれからずっと探していたんだ、気の毒に。

数日後にケアマネさんが替わられ挨拶に来られた。

母とヘルパーさんとの間に行き違いがあったりしてはいけないと思い、このときの話をしておいた。「『まさか認知症って、わけではないよね』って母に言ったんです」とケアマネさんと笑顔を交えながら話していると、母の顔色がサッと変わった。「私は義母の介護をしたことがありますの、認知症の症状を知っていますのよ」とブツブツと言いだした。母には悪いがそれには取り合わなかった。だって、介護たって認知症だとわかった義祖母を施設に入所させて、家は家財道具ごと義祖母の家に出入りしていた大工さんに売ったんでしょ。それを介護というのは厚かましくはないですか。でも、そのとき、ひどく母のプライドを傷つけたようで、ケアマネさんが帰られた後詰られた。「昔はあんなに大人しくていい子だったのに、あんたはズケズケとものを言って」とプリプリと怒っている。それは母にとって都合のいい子だったわけで、下手なことを言ったらすぐに雷が落ちるから、言いたいことも言えずにいたのじゃない。「大阪で暮らしたのがよくなかったのかしらねえ」しまいには、自分が今世話になっているこの地の悪口まで始まった。

以前、東京に行ったときタクシーの運転手さんに、「どちらからいらっしゃいましたか?」と訊かれ、「私は都城でこの子は大阪からですの」と応えた。その運転手さんが以前大阪に住んでいたことがあるという話になった。「大阪の人は人の財布の中まで覗くような感じで、堪らなかったです」と運転手さんが言うと、「そうですの、本当、大阪の人はそんな感じですの」と母はそれに同調した。ようもまあ、あんたら、大阪から来た私を前にそんなこと言えたもんや。だいいち、運転手さん、あなた客商売でしょ、そんなこと客の前で言うようなところがあるから、大阪で暮らしにくかったんやないの。それに都城の田舎から出て来たばかりのお婆ちゃんが、まるで自分も東京人になったみたいなこと言っちゃって。

そこで生活するなら、まず、その土地を愛せよ。そして、人間、どこで生きたかが重要なんではなく、どう生きたかが大事。そんなことに拘ってばかりいたら、目の前にある幸せに気付かずに、いつまでたっても幸せを感じ取られないよ、幸せは訪れるものではなく自分で摑み取るもの。こういうことを言うと、「あなたと一緒にいると、すごく疲れる」なんて言われてしまう。

岸和田に移り住んだ最初の頃は、「お母さん、頭頂部がだいぶ薄くなってきたね」「えっ、本当？　嫌だわ、都城の美容師さん、そんなこと言ってくれなかったもの。やっぱり家族でないとだめねえ」

嬉しそうに言っていたのだ。そんなことを言う美容師は、どこにもいないと思うけれど。それだけ母と私の距離が近付いていて、遠慮なくものが言えるようになったとは言えないだろうか。

それにこれこそ口に出してはいけないことだけど、多分、母と私の力関係が変わったから。「あなたは可愛がってあげたつもりなんだけれどね」じゃあ、お姉ちゃんは可愛がらなかったってこと、親として言ってはいけないことを言いだした。やはり長居するとろくな話が出て来ない。「どうしてかしらね」まだ、しつこく言っている母に、「きっと、反りが合わないいんでしょ」「ああ」と少し納得した様子。

一つには、読書会「若葉」での影響が大きいと思う。自分の意見を持ち、それをきちんと発言主張する仲間たちに今の私は育てられた。もちろん講師の倉橋先生のご指導があってからこそ。倉橋先生と和歌山の知的な女性会員が母と同じ昭和九年生まれで、同じ年数だけ生きてきてもこんなに考え方が違うのだと、ついつい比較してしまう。

それからの母は何かにつけ、「ズケズケ」という言葉を使うようになり、それ以来、私は何も言わずに貝になった。だから、「このリストの何一つ、私には出来ないわ」と言ったときも、何も返さなかったのだ。リストに載せたことは、結局、私がやることになった。

母は玄関先までついてきて笑いながら言った。「私が認知症になったらどうするの？」どうするって決まっているでしょう。人にしたことは自分もされるのよ。「最後は何もかも私がやらなければならないのね」と愚痴を言ったことがある。親戚中で母が一番若いのだから仕方のないこと。でも、ちょっと待って、それって私の台詞。あれやってこれやってと指図するだけで何もしてないじゃないの。

次に、母の所を訪ねると、パジャマのままで車椅子に座っている。正月過ぎに風邪をひいてから食欲がないと言う。「冷蔵庫に大好きなお多福豆が入っているのに食べる気がしない」冷蔵庫には確かにお多福豆の化粧箱が２つ入っている。その他にもプリンなどがぎっしりと詰め込んである。「あなた、それ持って帰って」おかきやらナッツの缶などを持たされる。

自分で食べるために買ったのだから、無理してでも自分で食べればいいと思った。

また食欲がでてきたら食べればいい、行く度に食料品を持って帰されるので、「食べる物はもうたくさん」と思わず言ってしまった。


その日も透析に行っていた。

ベッド30床に対して7人の看護師があたるので、今まで患者食堂で待たされた上に、更にベッドでも待たされる。これでは血圧も上がるというものだ。

やっと主任が回ってきてくれた。「お待たせしました」主任が私の左腕に針を刺しながら訊いた。「変わりはなかった」「はい」おお、痛い。麻酔テープを貼ってきたのに穿刺の針先が痛かった。針を刺した管が抜けないようにテープを念入りに貼り付け固定しているときのこと、私に電話がかかっていると看護師が告げに来た。

「お母さんの訪問リハビリ師さんからお電話が入っているんですが、どうしたらいいですか?」テープを貼る指先を休めずに主任は言った。「今透析中で電話には出られないから、あなたが伝書鳩になって電話の内容を伝えてあげて」

母は週に2回、私が透析を受けている病院と同系列の所で訪問リハビリを受けている。いつもなら玄関の鍵が開いているのに閉まったままなので、母の携帯に電話した。すると、トイレで倒れて動けないでいるという。それで今から透析室へ向かうから、マンションの鍵を預けてもらえないかと言うことだった。

その2、3日前、都城の義祖母の施設からの電話を受けたばかりの私は、トイレで転倒し病院へ連れて行ったが、こぶができただけという報告を受けていたのに何かあったのだろうかと勘違いした。母が脳梗塞で倒れた4年前に、義祖母の後見人を母から引き継いで、その後、司法書士に後見人を頼んだ。ところがその人が亡くなり、しばらく空席の時間があったが、新しい司法書士の後見人がいるはずで私に電話をしてくるのはおかしい。よく考えてみると透析室の電話番号は都城の施設には知らせていないから、そこから電話がかかってくることはあり得なかった。

義祖母は私が中学生の頃、祖父の4番目の妻になった人で、人の悪口を言うのが大好物の人だった。小耳に挟んだ噂話などを嬉々として鹿児島弁に近い方言にのせて話すのだった。私はたぶんそう言っているのだろうと見当を付けて聞いていた。「まこち、しぇからしか、ちっと黙っちょらんね」しまいに祖父に叱られ首を竦めていた。

私が中学生の昭和44年に、茨城県の水戸市から引っ越して宮崎県の都城市に住んでいたことがあった。この母方の祖父と少しだけ同居したこがあり、その義祖母が嫁いで来る前のことだった。

母の母親は8歳のときに中国の天津で亡くなり、2番目に祖父に嫁いで来た妻はあまりにも若すぎて、母と折り合いが悪かったのだろう、直ぐに離縁されてしまった。

子どもの出来ない人と言うことだったのに祖父と一緒になった3番目の妻は、結婚すると直ぐに妊娠して男の子を産んだ。母はそのとき14歳で、その義弟をいつもおんぶしていたそうだ。

私は茨城県の水戸の小学校を卒業し、父の仕事の関係で都城に引っ越した。当初は菖蒲原で魚屋を営む祖父の家での同居だった。そのとき、叔父も一緒に暮らした。

私たちが引っ越して来てすぐに、祖父は父の勤め先の自衛隊からお金を借り入れ横市に家を建てた。その新築した家の名義は祖父で、このことから祖父と父の間に確執が生まれ同居は解消。鷹尾の自衛隊官舎が空くまでの間のことと、最初から父は決めていたのかもしれない。

その後、祖父は自衛隊への借入金を直ぐに返済した。

「義姉さんは嫁いでいった人だから、親父の遺産はおれが全部もらってもいいだろう」

なんてことを叔父は言った。そんな様子では父もお金だけ出して、行く行く家は義弟のものになってしまったらと、心穏やかではおられなかったことだと思う。私の両親は従兄同士なので余計に色合いの濃い人間関係だった。

新築した横市の家では6畳1間で、両親、姉、私の4人が寝起きし、とても窮屈に暮らした。「ほかの部屋も使ってくいやん」と祖父が言っても、父は頑なにそれを拒んだ。夜、寝るときは勉強をしている私の机の足もとまで布団が敷かれ、勉強どころではなかった。それに人間欲を出してはいけない。叔父は勤め先の国鉄の列車事故で28歳という若さでこの世を去った。だいいち祖父に遺産とよべるような物はなかった。

鉄道公安官をしていた祖父のつてで採用された国鉄職員だったが、叔父は紺色の制服、特に帽子を被らなければならないのが嫌で、嫌でたまらなかった。洒落者の彼は自分の部屋にドレッサーを置き、その上に「うーん、マンダム」とチャールズ・ブロンソンがコマーシャルしていた整髪料をいくつも置いていて、それらを使って毎朝時間をかけて髪をセットした。その頭にあのダサい帽子を被るなんて我慢できず、しばし仕事をさぼった。若かりし頃の布施明に似た彫りの深い顔立ちで、祖父に似て身長も高くスラリとしていた格好いい叔父は、何を着ても素敵なはずと思ったが、彼の美意識はそれを許さなかった。同居していたのはほんの数カ月のことだった。

ある朝、私は腹痛で中学校を休みたいと訴えた。「だめだ、自己管理がなっていないからだ、学校へは行きなさい」と父に叱責された。そのとき仕事を休みたいと愚図っている叔父と丁度目が合って、気の毒にと思っているような目で見返された。私は本当にお腹が痛いの、サボるわけじゃない。「パパはね、本当は叔父ちゃんに言っているのよ」と母は囁いたが、その日は学校の全校朝礼が校庭であって、その間中お腹がゴロゴロと鳴って、もう早く終わってと叫び出したいくらいだった。

当時の国鉄は線路のポイントの切り替えを手作業でやっていて、その列車が通過してから作業すればよかったのに、叔父は何か勘違いしたらしく慌てて走って行って線路に躓いて通過して来た列車にひかれてしまった。常日頃から仕事を嫌がっていたと同僚たちの証言があり、数年前に叔父の母親が納屋で首つり自殺をしていたこともあって、当初は彼自身も自殺したのではないかと疑われたが、結局、事故の扱いとなった。このとき私は高校生で福岡に住んでいた。

横市の祖父の家の続きの間を開け放ち、簞笥などは白と黄色の太いストライプの布で覆われた。親族の中でも焼香順が早く回ってきた私は、足が痺れて立ち上がれずに、その場にひっくり返ってしまった。恥ずかしさで不謹慎に笑ってしまった。祖父が葬儀に羊羹やコレ菓子、モスコ菓子などを詰め合わせたずっしりと重たい菓子折を用意し、一人1箱ずつもらえたのが嬉しかった。

叔父と暮らしていたとき、朝、彼がトイレに入ると、出勤拒否を企んでいるのかなかなか出て来なかった。職場へは50歳で免許を取得した祖父が、毎朝送って行っていた。「私、トイレに入りたい」台所の母に言うと、向かいの公民館のトイレを借りなさいと走らされた。

透析を受ける私のベッドに母の訪問リハビリ師さんが鍵を返しに来た。「お母さんはトイレからベッドに移ってもらって、冷蔵庫にあったサンドイッチを半分ほど食べられました」脳梗塞の再発で倒れたのではなく、ただ足に力が入らなくなってトイレから車椅子に移れずに、その場へへたり込んだということだった。

透析が終わり母のところへ行ってみると、ベッドに寝ていた。「お母さん、何時頃からトイレに倒れていたの」「朝の5時頃だったかしら」平然と言う。「それなら、どうしてウチに電話してこなかったの」たたみかけると、「ああ、思いつかなかった」思いつかなかったって、どういうこと。私に助けを求めようとは思わなかったということ。

キッチンカウンターに買い置きしてあるレトルトのお粥を電子レンジで温めて、母のベッドに持って行く。お椀一杯を食べて、お薬を飲んだら、「もう、休む」と言うので、「明日、うどんでも炊いて持って来ようか」「そうして」と返事があった。

近くの薬局で吸い飲みのようなものを探したがなく、ストローのついたマグカップを買って帰った。

朝から土鍋を火にかけ冷凍のうどんを煮込む。

土鍋が熱いうちに持って行ってあげたいので、紙袋に入れ、それを更に風呂敷で包んだ。いつも引き出しの中であっちへやられ、こっちへやられ、邪魔者扱いされている風呂敷がこんなときには役に立つ。少々、鍋を揺すっても安定感があって、土鍋の中の汁も飛び出さない。そんなことを考えながら母のマンションへ向かった。

母の住まいは同じマンションだが棟が違う。玄関の鍵を開けると廊下に車椅子が放り出されて、トイレの開き戸が開け放しになっている。そのトイレにも母の姿はなく、横の寝室へ向かうとベッドの前の床に横たわっていた。「また、やっちゃったの」ベッドから引きずり下ろした毛布を足元に巻き付けて、寒さを凌いでいた。何時間前からそうやっていたのだろう、でも私には訊く気力もなくなっていた。今日はＵＳＪに遊びに行く予定で、休暇を取ってい る娘に応援要請をする。ベッドの上に母を持ち上げようとするのだが、ビクとも動かない。娘は女子にしては力のあるはずなのだけれど。「リハビリ師さんはベッドの前に段ボール箱を置いて持ち上げてくれたの」と母の言う通りにしてみるがうまくいかない。

自転車で15分のところの会社に勤める夫に急遽帰って来てもらう。夫がベッドの上から母の脇の下に手を入れ引きずり上げて、ようやくベッドに収まった。後から知ったことなのだが、そういうときはシーツの上に母を転がして、それを二人で両端をつかみ持ち上げるといいそうだ。少し冷めて水分を吸ってしまったうどんを土鍋ごと電子レンジで温め直したそれを半分ほど食べた。

母は自分でシャワーも浴びられないので、急遽デイサービスを申し込んだら、明日から迎えに来てくれると言う。介護施設へ入所するまでの一時繋ぎだった。デイサービスは8時半頃迎えに来て、夕方5時に送って来てくれると言う。昨日のようなこともあるので、デイサービスのヘルパーさんから、家の鍵を預けて欲しいと言われた。透析センターへの送迎バスは7時半なので、暗証番号でロックされている玄関の集合ポストに、部屋の鍵を入れておくことにしたと母に伝えると、とても嫌な顔をした。

「トレーニングタイプのオムツを買って来ようか」母が傷つかないように気を遣って、いきなりオムツをつけるとは言えなかった。

ベッドの上でトレーニングパンツを履かせるとき、まだ腰を浮かせることができた。中に当てるナプキンのようなものはすでに箱買いしてあって、ベッドの横の段ボールにたくさん入っていた。生理用のナプキンほどのそれが少しでも濡れると気持ちが悪いのか、トレーニングパンツの中に手を突っ込んで自分で替えていた。

「ねえ、ちょっと」洗濯機を回していると母の少し怒った声。

「これが動かないの」見ると、躰の下に毛布を巻き込んでいて自分の躰の重みで動かなくなっている。ちょっと躰をずらせば簡単に外せるのに、それすら出来なくなっている。枕元にバナナやフルーツケーキ、栄養補助食品のドリンクなどを並べる。ウオーターサーバーからくんだ水をストローのついたマグカップに入れ、そのストローを口元に持っていくと、それを何度もお代わりした。枕の横にそのマグカップに水を入れて置いた。「もう、トイレに行ったらダメよ」と言って私は帰った。

家のトイレに入ると、用もないのに便座に座り込んでため息をついた。自分の部屋にいても誰にも邪魔をされるわけでもないのに、トイレの狭い個室が唯一の寛げる空間になっていた。ただ、そこでボンヤリとしているだけでホッと出来るのだった。

翌日、透析が終わると母の住まいに向かった。

夕方、デイから送られてきた母は「久しぶりに、ゆっくりとお湯につかれた」と喜んでいた。湯船の中に可動式の機械を使って入浴させてもらったそうだ。

もっと早くからそういう利用だけでもしたらよかったのに。

次の日、今度はトイレの便座に腰を下ろしたまま母は身動きが取れなくなっていた。本人は否定するが下剤でも飲んでいるのだろうか。私の言うことをはなから聞く人ではないとわかっていたが、呆れと諦めの入り交じった哀しい気持ちになった。そうなっても母はまだ偉そうに言う。「板か何かないかしら、それを車椅子に渡したら動けると思うの」隣の部屋を覗いたが、そんな板のようなものは見つからなかった。

娘は大阪市内に仕事に行っている。結局、昨日はUSJには行けなく、みんなの予定を狂わせてしまっている。出社している夫の手をまた煩わせるのも気が引ける。デイサービスの施設は定休日だ。母に抱きついてもらいそのまま車椅子に移動する、というイメージをするのだが、私もろとも崩れ倒れてしまい、ことに寄ったら怪我をしてしまうかもしれない。ますます悪化する場面ばかりが浮かんできて途方に暮れた。

思い切ってスマホから、デイサービスのヘルパーさんの番号をプッシュしてみると、5分後に駆けつけて来てくれた。「これで、3度目ですよね、これは病院へ行かなければだめですよ」

せっかくベッドに移してもらったのに救急車に乗ることになった。

血液検査、MRI、CT、あらゆる検査をしたけれど、「若干の炎症反応はありますが、どこも悪いところはありません。点滴が終わったらお帰りくださってかまいません」と若い医者は告げた。「でも、母は立ち上がることも出来ないんですよ、あさってから施設に入所するので、それまで入院するというわけにはいきませんか」医者に食い下がった。しかし、「そういう、一時預かりはしていません」と素っ気ない。一時預かりって荷物じゃあるまいし、私は憤慨したけれど、何とかして家に連れて帰らなければならなくなった。来るときは車椅子に乗って来たわけではない。どこも悪いところがないのなら、そのまま家にいるほうがよかった。救急診療の病室から廊下に出て、スマホで電話した。夫に車椅子を持って来てもらうためだが、目の悪い夫には夜間の運転が出来ないので、娘に車を出してもらう。

点滴を受けながらベッドの上で母が言った。「コートと膝掛けを持って来て」慌てて電話をしたけれど、もう家を出てしまった後だった。病院に着いた夫は自分の着ていたダウンを脱ぎ母の肩にかけ、膝には娘の脱いだコートがかけられた。マンションに帰ったが、とても不安で堪らなかった。明日も透析なのだ。「点滴をしてもらったら少し元気になったわ」と母。

オムツを替えるのに、レッグウオーマーを脱がせパジャマのズボンを脱がせたが、その下にパッチのような下着を着けている。まるで、筍。脱がせても、脱がせてもまだ何かを着ている。「お母さん、一体何枚着ているの」私は呆れ声を出した。「だって、寒いのよ」食べる物も食べないので熱量がないのだ。素手で母が濡らした物に触れていると、「あんた、嫌でしょ、手袋しなさい、その辺にあるでしょ」と母が言った。こんなオムツを替えてもらうときでも命令口調。

そのとき、玄関横の物置代わりに使われている部屋に、夫と娘はいた。娘は私を手伝うべきか、でも祖母が嫌な思いをするのではと思いあぐねていたと言う。

そのときの様子を、娘は後に言った。「お母さん、そんなに一生懸命やって、お母さんに何があるの？　何が遺るの？」そんなことを考えたことはなかった。ただ、躰が勝手に動いているだけ。私がやらなければ誰がやるの。

私は周りを見回したが、ビニールの使い捨て手袋は見当たらなかった。「もう、いいから」指先に濡れたパジャマの生暖かさを感じた。上のパジャマも替えさせようとすると、「上は、もうこのままでいい、明日、デイで替えてもらうから」美意識の強い母が上下揃いでないパジャマを着ていることに驚いた。ハイソックスなどを履かせるのを娘が手伝ってくれた。こんな物を食べていて元気になるとは思えないが、何も口にしないよりはましと大粒のイチゴを2粒食べさせ、枕元に水を置いた。

「お母さん、検査の結果はどこも悪いところはないそうよ」そう言い、私は家に帰った。

「出来ることはなるべく自分でやってね」パジャマやバスタオルを母に渡した。ビニール袋に入れるだけのことなのだが、少しでも動いてもらおうと自分でデイサービスに行く用意をさせた。でも、それすら無理そうだった。枕の横に置いたマグカップに目をやり、水が減っていないことに気が付いた。「お水に手が伸びないの」自分で水が飲めないのだと言う。えらいことになったぞ。18年間一緒に暮らした猫が、最後には自分で水が飲めなくなってしまった日のことを思い出した。

目覚ましを翌朝5時にセットして、水を飲ませに行くことにした。

幾日か前のこと、母を送って来たデイサービスのヘルパーさんが、「お母さん、今日はお食事を全部召し上りました」とうれしそうに私に話した。「違うのよ」母が言った。ヘルパーさんは母をベッドに寝かせると、慌ただしく施設に帰って行った。駐車禁止のマンション前の通りに停めてある車も気がかりなのだろう。「違うって、何が違うの」「今日の食事は料理人が作ったの」少し笑いを含みながら応えた。「へー、じゃあ、いつもは誰が作るの」「ヘルパーさんが作るの、だから全然味が違うの」何であれ食欲が出て来たのはよかったと思ったのも、つかの間。次のデイサービスでは食事を取らなかったと言う。「今日のお昼は何が出たの?」「チャーハン」不満そう。家ではお粥を食べているのにチャーハンはきついかもしれない。デイサービスに行くとき、お粥のレトルトのパックを持たせてやろうかと思う。

「ねえ、あの人、このまま帰っちゃったの」掛け布団を捲り上げた。見ると母の両の足がべッドから落ちていて、それを自分で上げる力がないらしい。「お母さん、ヘルパーさんに、『足を上げてちょうだい』って言わないとわからないよ」

自分が意地悪をされているように思えるのかもしれない。これは問題だ。

「自分で食べもしない物を頼んで。生協に次週の注文をするのがもう私に出来ることの精一杯、ああ、しんどい」少し前に母が漏らした。しんどいのだったら生協の宅配をお休みしたらいいのに。そう思ったが何も言わなかった。

最初の頃は夜の8時になっても生協の宅配が来ないという母からのメールで、私は生協に電話して、玄関扉の前に荷物が置かれているのではないかとウロウロさせられた。田舎暮らしと違って、宅急便も夜の9時まで配達するのだ。夕方の6時に寝るので、それまでにシャワーもすませて自分の生活時間を狂わせたくない母のわがままだった。

冷蔵庫にプリンが5個入っているのに、また同じものを5個注文している。「お母さん、プリン食べる」「ううん、いらない」だったら、なぜ注文するの？　だから食べもしないものを頼んでということになるのか、ようわからん。

その日はデイサービスがお休みで、ヘルパーさんにお掃除とオムツ替えを頼んでおいた。

早朝に母に水を飲ませイチゴを数粒食べさせた。

レトルトのお粥でも電子レンジでチンして食べてもらおうと、昼に再び訪れた。何とキッチンカウンターに載せて置いた数種類のお粥や栄養補助食品のドリンク類が消えている。冷蔵庫の中も空になっていた。母に訊くと、「ヘルパーさんに片付けてもらったの」あっさりと言う。

じゃあ、お母さん、何を食べるの？　と訊きたかったが、どっちみちイチゴしか口にしないのだ。冷蔵庫にはプリンが10個、角切りのバターが詰まった箱が2箱、R1のドリンクが2ケース、お多福豆が2ケース、その他いろいろ。冷凍庫にはフライドチキン、グラタンなどがギッシリと押し込められていて、私は自分の家の冷蔵庫が空いたら持って帰ろうと思っていたのだ。その日の夕方、母のマンションの玄関ポストから鍵を取り出し通路へ向かおうとした。玄関のポストを通り過ぎた奥にマンション住人の名前と部屋の号数が記された掲示板があり、そこで名前を確かめるような素振りをしてウロウロと不審な動きをする女性が気になって、しばらく様子を窺っていた。やたらに大きなリュックサックを背負い大きなボストンバッグまで持っている。その女性と目が合うと名前を呼ばれた。

「ええ、ひょっとして、母のオムツ交換に来てくださったかたですか」「午前中のお掃除にも来させていただきました」とホクホク顔。こいつか、冷蔵庫の中だけでなくキッチンカウンターの上の食料品までをかっさらって行ったのは。

いつもの私なら、「お世話様です」とか、「ありがとうございます」くらいは言うのだが、どうもそういう気持ちになれない。なぜ午前中も来て名前を覚えているのに部屋の号数を確認し、すぐポストに部屋の鍵を取りに行かなかったのだ。このヘルパーの行動は出会ったときからあまりにも不審すぎた。ヘルパーは母のオムツを替えて帰って行った。

母にイチゴを食べさせ水を飲ませた。「ああ、大根の煮物が食べたい」と母がため息をついた。「えっ、もうちょっと早く言ってくれたら作って持って来たのに」「ああ、そうね」その後に、「そうだったわね、あなたは料理をするのよね」という言葉が続いたのだろうか。

それとも母は私がよく煮物などを作って届けたことを忘れてしまっているのだろうか。一昨日くらいまでなら台所の鍋にまだ入っていたが、明日も透析なので、これから買い物に行って煮炊きしている暇はない。

「柔らかく煮たゴボウが食べたい、カステラも」カステラなら近くのコンビニでも手に入るが、高級品志向の母の言うカステラは文明堂とかブランドのついたものだろう。そんな安物じゃないとケチを付けられたらかなわない。「冷たいシャーベットが食べたい」何も欲しくないという割には食べたいものがいろいろあるじゃない。「今度の生協でシャーベットを頼んであるから持って来るね」「もう、生寿司は食べられないわね」と食べたい物が続く。生ものはどうなのだろう。元気になったらそれなりに施設とはいえマンション形式なので自由はきくと思うのだけれど。母はにぎり寿司が大好物で、生協や矢崎のにぎり寿司を好んで食べていた。

　次の早朝、母のマンションを訪れた私はギョッとした。夕べ帰るときに消したはずの玄関の電気が点けっぱなしになっている。帰るときに壁のスイッチを切った後、暗がりの中を手探りで玄関の鍵を開けて外に出たので電気を消したことをはっきりと覚えている。

「お母さん、私が帰った後、誰か来たの」ベッドに横たわる母に訊ねると、「山田さんが来た」と応える。

　山田さん、確か昨日掃除に来て、食料品を大量に処分してオムツ交換してくれたヘルパーさん。母は今になってヘルパーさんを名前で呼んでいる。「何時頃」「7時くらいだったかしら」私が帰った後、山田ヘルパーはまた戻って来たんだ。「何しに来たの」私にしては執拗だった。「冷蔵庫に何か入れていった」冷蔵庫の扉を開けてみたが、昨日と同じ空だ。「冷蔵庫には何も入ってないよ」壁際に挿してある冷蔵庫のコンセントを引き抜いた。「ああ、『荷物を取りに来ました』って言っていた」帰るとき見たが、そんな荷物みたいなものは置いてなかった。キッチンを見回すと段ボールに入ったジュースが減っていた。イチゴくらいしか口にしない母のせめてもの糖分補給にならないかと、これを飲ませようと思ったのでそれで覚えている。

山田ヘルパーは夕べ私が帰ってから戻って来て鍵を開け、また食料品を物色して帰ったようだ。ご丁寧に空の冷蔵庫までまた何か入れられていないか確認したのだろう。その開閉音を聞いた母は何か入れていると勘違いした。訪問先にはどこでもオムツなどの用意がされてあるはずなのに、あの海外旅行にでも行けそうな大荷物は最初から不信感を抱かせてしまっていた。

その日がデイサービス利用の最終日だったが、夕方、母を送って来たヘルパーさんに夕べのことを伝えた。「誰が来たのか、また調べて電話します」

翌日、オムツ交換の担当の責任者を名乗るヘルパーから電話があった。どうも声が山田ヘルパー、当の本人のような気がする。

玄関の消したはずの電気が点いていて、私が帰った後に誰か来たらしい。そして、ジュースがなくなっていた。ほかにもなくなったものがあるかもしれないがわからない。ひょっとして貴重品もなくなったかもしれない、とそこまで言った。「ひょっとして、それ私のこと」山田は悲鳴に似た叫び声を上げた。「どうせ何を取られたかわからないんですから、もういいです」と電話を切った。

冷蔵庫の中の物を処分してと母は言ったようだが、山田のリュックサックとボストンバッグ、それは、それは頑丈そうな作りで、もし、あのとき私がいなかったなら、台所に残っていたゴミ袋、タッパー、洗剤などを一切合切そのリュックとバッグに詰め込んで行こうと考えていたのではないだろうか。

透析があるのでずっと母に付き添っているわけにはいかない。そういった身寄りが絶えず身近にいない身動きの取れない老人を狙った犯行。

山田ヘルパーが再訪したとき母は目覚めていたし、取られたものはたいしたものではない。私の脅しが抑止力になって、あの山田ヘルパーが今後、悪さをしないことを願う。

「最後はあなたにお世話になるのね」施設に入る直前、母が言った。最後って、今まで散々世話になってきて、じゃあ今までのことは何だったの、自分の透析を二の次にして都城に駆けつけ救急病院に、次の病院へ転院するときも、その後の施設に入所するときも、そこから岸和田に移り住んだときも散々世話になったことを忘れたというのだろうか。金輪際、私には迷惑をかけまいと考えていたとでもいうのだろうか、そんなこと出来るわけがないじゃない。でも、そのとき私は自分でも意外だと思う言葉が口から飛び出した。「4年間、頑張ってきたんだからいいじゃない」すると、母は驚いたように目を見張った。きっとズケズケと文句を言うと思ったのだろう。

施設に持って行くものを選り分けていたときのこと。

最近、母は音を消すだけでなくテレビを見なくなってしまっていた。韓国ドラマは言い争う激しいシーンが多く、それに誘発されてしまい、つい大声を出してしまう。だからテレビのスイッチを切っているのだろうか、と考えていた。「施設にテレビは持って行かないの」「あんたが買ったテレビだからどうせ安物でしょう」母は言った。私はテレビ画面の真下中央に明記されているメーカー名を読み上げた。「シャープ」横文字でSHARPと書かれている。「あら」と少し驚いたような声を出した。「いい、持って行かない」ソニーやパナソニックでないとお気に召しませんか。その安物のテレビでさえ岸和田に引っ越して来た当初、買い揃えるものがいろいろあり、「買えないわ、テレビまでは買えないわ」と嘆いたのでプレゼントしたものだった。パラボラアンテナまで夫が設置したから韓国ドラマも見られていたわけなのだ。

私にはケーブルが取り外せず向こうのテレビは捨て置いて来た。「色々と、お金がかかるやろ」そのとき姑に20万円もらっていた。「あんたらのもんにつこてもいいし、好きなように使い、お母さんには内緒にしときや」と言って渡された。姑の気遣いだった。そんな人の気遣いなどに頓着する母ではなかった。母が岸和田に来てからしばらくして、松風町に住む姑が挨拶に来てくれた。ちょうどそのとき私の家に配水管の掃除が来ることになっていて家を出られなかった。ときとして変なことを言いだす母なので失礼がないかと不安だった。そのとき、お金をもらっていたお礼を母が言ってしまった。「黙っておきや、と言ったのに」と姑は言ったそうだ。

母はそのときの様子を、勝ち誇ったように笑いながら伝えた。私の娘ですもの私には何でも話しますのよ、みたいなニュアンスがそこにはあった。母が絡むと、それ以上はしゃべらないでということが多々ある。何か嫌な予感がしたのだ。結婚したばかりの頃、母と娘は姑の悪口を言って憂さを晴らすものよと母が言ったのには驚いた。

どう思っているのかと水を向けたことがあった。「私は長男にお嫁に来たのに、自分の母親を近くに呼び寄せてしまって松風の両親に申し訳ない」それには沈黙を通していたが、私のことを自分の所有物くらいに考えていたのかもしれない。短大の後輩が妊娠しているときに煙草を吸っていたので注意すると、「うちの子のことやからほうっておいて」と言っていたのを思い出した。うちの子ではあるが、あなたのものではないと、そのときも思ったのだ。

テレビもそうだが、ベッドマットもエアーウエーブのいいものを買ってプレゼントした。初めのうちは使わないと言っていたが、その値段を聞いて驚いていた。マットは8万以上したのだった。母の物の価値は値段で大きく変わる。

選り分け作業は母のペースで、おっとりと進められていった。「家に帰って晩ご飯を作らないといけないいから早くして」とせき立てた。えっ、と少し驚いたような表情の母。帰るって、泊まってくれないの、あるいは、ここがあなたの家でしょ、と思ったのだろうか。何も言わないのでわからない。

岸和田に移り住んだ最初の日は、何か不都合があったらいけないから私もリビングのソファーベッドに寝た。今はそこまでしてあげる気持ちにはならない。


その日の早朝も水を飲ませに行く。

夜も早く休めるわけではないので早起きは辛い。でも、それも施設に入所する今日まで、頑張れ私と自分を励ました。

家に帰りトイレに入る。この個室が唯一のリラックス出来る空間。しばらく用もないのに便座に腰をかけていた。疲れている私。

施設マネージャーの浅川さんが荷物をバンで運んでくれる。それまでまだ間がある。少し仮眠を取ろうとベッドに横になり、次に目が醒めたとき、「えっ、今、何時?」寝過ごしたかと思い飛び起きた。その様子を見ていた娘。「お母さん、可哀想」と慰められた。

デイサービスのヘルパーさんから以前言われた。「テープタイプのオムツを買ってください」

初めてオムツを着ける母に抵抗感があるかと思い、トレーニングパンツを履かせていた。

だがそれではやはりオムツが替えにくいらしい。薬局で15種類ほどあるオムツの中から選び抜いて買ったものをそのまま、今度の施設に持って来た。「このオムツでは小さいです、もう少し大きいサイズのものを用意してください」オムツはサイズだけではなく水分の吸収量まで違いがあり、何を買えばいいのかわからない。母ではないが、意地悪をされているような気分になる。結局、オムツは施設で用意してくれることになった。

次に娘と施設を訪れると、母がベッドの上から何か言っている。
「お母さん、入れ歯してないでしょ」と思わず言った。「入れ歯していますよ」と浅川さん。
「えっ、前より悪くなっている」と愕然として呟いた。「ええ、悪くなっています」冷静な口調。

あれだけ嫌っていた施設に入って安心して、力が抜けてしまったのだろうか、老いが急激に訪れたようだった。浅川さんが部屋を出て行くと、母がまた何かを言った。「お・・とうだい」何と言っているのだろう。か細い声。「お・・とうだい」「ああ、お水ね」やっと気が付くとベッドの枕元の台に乗せてある湯冷ましの入った吸い飲みを手に取って、口元に持っていくが何か変だ。目の悪い私には透明なプラスチックのそれの、どこに水が入っているのか見えなく、どうやら空気を飲ませていたらしい。すまない、すまない。今度はしっかりと水を飲んでもらう。赤子が乳を吸うように、オックン、オックンと水を飲んだ。「あ・がとう」あら、珍しい、お礼だなんて。でも、これでは大根の煮物やお寿司どころではない。ああ、こういう状態が長いこと続くんやろな。母のこんな姿を見るのは辛いなあ。背を向け、そっと涙を拭った。

母は何を思ったのか恐ろしいほどの数のパジャマをワコールで注文していて、それを施設に全部持って来た。毎日着替えてもひと月分は優にあった。バスタオルやタオルも厚手の物でないと嫌がった。

「これはウールとかを洗う物で洗剤ではありません」施設のヘルパーさんに言われたが、内心、私はわかっています、母に言ってくださいと思った。同じことを何回も言っていたのだが、頑なに聞き入れなかったのだ。医療関係者は洗濯するときにハイターまで使っているということを聞いたので買っておいたが、一度も使われることがなかった。アクロンの「おしゃれ着洗い」というネーミングが気に入っていたのだろう。何しろ、手がカサカサになっちゃうわと言って、昔から外出から帰っても、手さえ石鹸で洗わない人だった。洗剤も施設が用意してくれるという、よかった。

「点滴はあまり効果がないようです」

施設の嘱託医師が言うので、母には聞こえないように声をひそませた。「点滴をすると元気になると思っているようなところがあるので、少しだけでも形だけでもやってください」

正月過ぎに風邪をひいた後、クリニックを定期受診し、そのとき点滴をしてもらいたかったのに、お迎えの介護タクシーが来てしまい、「今帰らなければもうお迎えに来られないかもしれません」と言われて、そのまま帰ったと母はひどくガッカリしていた。介護タクシーの利用者が増えすぎて、時間が取れないのだろう。それに点滴が必要なら医師から指示が出されていたはず。救急病院で点滴をしてもらった後、「少し元気になった」と言っていた。医学的に効果があろうとなかろうと、それが母の元気の素のようだった。

今度から私はこの施設に通って来なければならないのだ。


次に施設を訪れたときは、母の左腕から点滴の管が外されて鼻の穴に管が入れられていた。

「点滴は効果がないのでやめました、酸素を入れると少し調子がいいみたいなので、使っていこうと思います、これは延命治療ではありません」

母がまだ元気なときに終末医療の指示依頼書に署名してもらっていた。気管切開、胃瘻を作るなどの処置をしないでください、といった書類を提出してあった。私も透析中いつどうなるかわからないので、透析クリニックに書類を出している。嘱託医はそのことを言っているのだ。母の認知機能は30分の8だという。30の質問のうち応えられたのが8個ということなのだろうか。

ヘルパーさんに重湯のような物をスプーンで食べさせてもらった後、水で濡らしたティッシュペーパーで口の中を拭ってもらっていた。歯磨きの代わりなのだろう。

それからしばらくして、施設のセンター長の橘さんが薬を持って来た。

橘さんはベリーショートの髪型で目鼻立ちの整ったすごい別嬪さん。無駄な肉がついていないので余計にシャープなイメージがある。ゼリーに粉薬を混ぜ込んだ物を母は食べさせてもらっている。馴れない者がやって喉をつまらせたら大変なことになる。都城の施設の祖母は誤嚥性肺炎で入院して、電話でこちらに来られないかと言われたが今は無理だと断った。橘さんが退出した後、「お・・とうだい」私に求める物は水くらいしかない。


その日は透析のない日で、母の部屋の片付けをしに行っていた。

自宅に戻りベランダに干してあった洗濯物を取り込んでいたら、リビングのテーブルに置いてあるスマホが鳴った。「お母さん、さっきまでお話をしておられたのですが急に静かになり、呼吸も弱くなられたようです。お急ぎになられたほうがいいと思います」施設の責任者からの電話だった。

こういうときのタクシーはやたらに遅く感じられる。タクシーの運転手さんもはっきりと施設の場所がわからないらしく、私は気が急く余りそこを通り過ぎてしまったことに気が付かなかった。少し先の道でタクシーを降り、先ほどから繰り返している言葉をまた繰り返すのだった。「落ち着け、落ち着け」よろめきながら私は小走りになった。施設に着くと嘱託医の病院のロゴが書かれた車が出て行くところだった。遅かった。エレベーターの3階のボタンを押す。やけにゆっくりとエレベーターが上がっていく。スリッパのペタペタという音が廊下に響き渡る。1番奥の部屋に行くと、エンゼルさんというのだろうか、母の顔にメークを施してくれている。「施設の方々に見送られて、お母様、お寂しくはありませんでしたよ」エンゼルさんの言葉に救われた思いがした。もし、母の今際の際に立ち会っていたならば、「助けてください、母を助けてください、気管切開でも何でもして助けてください」と終末医療の書類を出しておきながら、私は取り乱していたかもしれない。

エンゼルさんはベッドの傍らに佇む私の指を取り、母の頬に当てた。「まだ、温かい」思わず呟いた。「おきれいなお母様でしたね」本当に皺一つないようだった。

その後、廊下に出た私は夫の会社に連絡したり娘にメールを送ったりした。寒々しい廊下に置かれたパイプ椅子に一人ポツンと座り、エンゼルさんが母の身支度をしてくれるのを待っていた。

母は都城の施設にいたほうがよかったのではないだろうか。マンションで一人暮らしなどという無謀なことをせず、施設に月1度くらい面会に行き、そうすれば私は寡黙で優しい娘のままでいられ、母は人前では怒鳴りつけることはしないので、口にしてはいけないことを口にするようなこともなく、上品な母親でいられたのではないだろうか。施設では車椅子がなくても歩けると言われていたし、人が見ているときは頑張れる人だった。リハビリ師さんがいるときは歩く練習を一生懸命やっていたが、リハビリ師さんが帰ってしまうと途端に車椅子ベッタリの生活になってしまう。誰のためのリハビリだろう。日々、リハビリだからと私は言うのだが、その意味さえもわかっていなかったのかもしれない。

最初は元気に過ごせていても、やはり老いは確実にやってくる。私にもやってくる。

思えばお墓の話がよくなかったのかもしれない。家族の愛に飢えていて、自分でそれを築き上げることもしなかった母は岸和田に引っ越して来て、我が家のファミリーの一員になったような気がしていた。ところが現実は違っていた。いつも現実を見据えて生きなかった母には、厳しいものだったのかもしれない。幼少の頃、預けられた親戚の家で、虐待を受けていたと感じた母は夢の世界へ逃避する術しか知らなかった。

私は女優よと、いつも思って生きていたのかもしれない。女優の現実は酷寒の水の中にも入らなければいけないし、死体の役ならば顔に土もかけられる。

私に言いたいことだけを言い、あわや口喧嘩になりそうになると、もう、やめようといつも遮った。議論は苦手だし、自分が非難されるようなことには耐えられない、だから友だちという友だちもいなかった。少々のトラブルで簡単に友だちとの縁を切ってしまう。

私は私で、自分の母親を偶像化して、母を理想的な女性のように思い描いてしまっていた。料理をしない母の脳梗塞の一大要因は食生活にあった。たとえ車椅子生活になっても生協で宅配してくれるブロッコリーを洗い、電子レンジでチンすることぐらいは出来ただろう。

掃除もしない母。都城から荷物を運び出すときのあの積もった埃のことを思い出すと、10年、20年と、そこを掃除していなかったのがわかる。それまでは転勤、転勤で引っ越しを繰り返していたから、それも防げていた。

「ああ、宝くじでも当たらないかしらね」よく言っていた。

もし、宝くじが当たったとして、一生かかっても使い切れないほどのお金を手にして、どうしようと思ったのだろう。たとえ大金を手にしても、母の心は満たされずにいたと思う。

自分の口には入らないと言いながら生協の宅配を頼んだり、ひと月毎日着替えても有り余るパジャマに三越からのお取り寄せグルメ、全て自分の満たされない思いを物欲で紛らわせていたのだろうか。8歳で亡くなったその母親への思慕。もっと両親に甘えたかったという心の欠如感。それとも単に認知機能が低下したが故の行動、発言だったのだろうか。後から思えばおかしなところがいろいろあったが、脳梗塞になる前から変なところのある人だったので、その境目がよくわからなかったし、認知機能の低下は母自身も認めようとしなかったが、私も認めたくないことだった。

母から詰られ辛くなると、亡くなった父に問いかけた事がある。お父さんはこんなときどうやっていたのと。すると仏壇に向かい無心に祈る父の後ろ姿が浮かんできた。あれほど宗教に熱心だったのは、そこから逃げ出したかったからではないかと今になって思う。

母が亡くなった後、都城の施設に入所したころに書かれた手帳が見つかった。やや震える文字で、任せておけばいい、なんとかしてくれると連綿と私の名前が書き連ねてあった。それはなんとも重たく心にのしかかってきて、母の人生まで引き受けたつもりはなかったと思わせた。

思えば自立した女を母は気取っていたけれど、いつも一人では行動できない女性だった。母にはいつも敵がいて、父を敵視することで生き生きと生活していられたのだ。

母をよく知る都城の義祖母のケアマネさんからちょうど電話があり、そのとき母のことを伝えた。「存在感のある方だったので、余計にお寂しくなられましたね」

あり過ぎるくらいの存在感。なんとうまい表現だろうと思った。

こうして、施設入所10日目に母の一人舞台の幕は下りた。

解説　『私、ただいま透析中』の新鮮な魅力

倉橋健一

「私、ただいま透析中」というタイトルは私が薦めた。はじめて手に取った方は、そこで「ああ闘病日記の類か」と思われるかも知れないが、そこが大事なところで、病いに罹って、どうもがいても遁れられない生涯的に透析生活を強いられるようになった段階で、なお、いかにして明るい生活を持続していくか、まさにその見本のような内容によってこの一冊の本が成り立っているからである。そこで闘病を暗示しながら、暗い印象に屈しないものとして、現在進行形からなる、こんな題名がふさわしいと思った。

その白眉になるのが、最初の章立ての最後の「朝明けの空が見たい」から、「私、ただいま透析中」にあつめれた作品だろう。鍋谷さんは今年64歳になるが、平成17年以来もう15年にも亘って週三回今では四時間の人工透析を続けている。「透析始めちゃいました」のなかで簡潔に語っているとおり、長患いの糖尿病の合併症で腎臓が悲鳴をあげてからである。そして、

そこにいたるまでを次のように綴っている。

「食事療法を9年間続けて人工透析を免れてきた。昨年はルーブル美術館近くに宿をとり、オルセー、マルモック美術館でも絵画鑑賞を楽しんだ」

読みすすめたらわかるとおり、そんなふうに鍋谷さんは人工透析を受ける日々になってからも、脊柱管狭窄症に合わせて黄色靱帯骨化症という難病にかかったり、網膜剝離で左眼の視力を失ったばかりか、右眼も白内障に犯され、手術を余儀なくされる。それがまた糖尿病が悪化しての合併症であって、まこと逃げ道がない。黄色靱帯骨化症のばあいには手術に先立ってこんなこともいわれる。

「透析患者の内視鏡手術は10人に1人が亡くなっています。手術自体は成功するのですが、後どうもわからないのですが感染症などで……」

と、そこだけに囚われていくと、よくもまあそこまでと、悪魔に魅入られたかのような暗澹たる思いにも駆られる。事実、

「いっそのこと、死んでしまったほうがいいのかもしれないと考えたことがある。市民病院からの帰り道でのこと。車の往来の激しい道路の白線だけで区切られた歩道を歩いていた。スピードを上げて横を走り抜けて行く車のどれかが、自分をひいてくれないかなと物騒なこと考えた」(「消えたカルテ」)とも書きつける。

しかし、この闘病譚は、そこに留まり放しには終わらなかった。そこからどっこい巻き返して、人工透析の日々を溌溂なものへと奪回していく。それを端的に物語るのが「透析の旅」だ。今から7年前の平成30年の秋のこと。ひょんなことで、透析を受けながら廻れる海外ツアーがあることを知ったことを機に、シュノーケリングや離島めぐりのひとり旅に出た報告だ。そのなかに散りばめられた麺からサンドイッチ、飲みものなど、ちょっとした食べものにたいする関心についても、ちくいち書きとめていることが、難病持ちであることを忘れさせるほどの明るいのんびりした気分として作用して、そのままこの作品集の四番バッターにも躍り出ている気がする。

文中にも出て来るが、私が鍋谷さんに出遭ったのは、平成17年、鍋谷さんがちょうど人工透析をはじめた頃、岸和田市立図書館の文章講座に行くようになったときだった。むろん人工透析のこともたくさんの病気を持っていることも知らず、毎月提出される作品のなかで、じわじわと知っていった。

それが今度の新型コロナ騒ぎで休講になったりして、その後再開したあとも、糖尿患者とあって出席することができず、そこでこれまで書きとめてきたものを整理したことが、今度のこの作品集のきっかけとなった。実をいうと、最初原稿量は今回収録分の二倍以上あり、私と出会う前から熱心な書き手だったこともこれで知った。

「ただいま透析中」としたのは、その点、作品をしぼり込む過程で、作品集としてのメインをそこにしたからである。内容のうえでは前半は結婚生活にいたるまでの自分史となっており、細部に亘っててていねいに書き込まれており、誰にも読まれても存分に耐えられるものになっている。

その点、さらなる明日へ期待は高まるばかり。明日もまた元気に透析にいくように文にもさらにみがきをかけてほしいと願う。

読んで、逆に、元気をもらう人も少なからず出てこよう。渾身の一冊だ。

二〇二〇年　葡萄月《バンデミィエール》

あとがき

戦災も震災経験もない私に、脅えて暮らす日がやってくるとは思ってもいませんでした。図書館でのサークル活動のあと、飲み会へと繰り出し楽しく暮らしていたのですが、ある日突然、活動を中止し、飲み会、そんなとんでもない。発症者の数を耳にするたびに息をひそめるような毎日です。

週3回4時間の人工透析には、ちょっとパート仕事にでも行っているような軽い気持ちで過ごしてきましたが、やはり私は病人だったのだということを今回のことでつくづく思い知らされました。新型コロナウイルスは慢性疾感のある人はなおさらのこと、罹患したらひとたまりもないということです。

でも、自粛生活があったからこそ、今まで書き溜めてきたものを纏めることができました。

ところが、パソコンを開いて、入力してあった原稿を見て驚きました。尻切れトンボの文章ばかりで、果たしてこれに尾っぽをつけて跳ばせてやることができるのでしょうか。

サークルでもお世話になっている倉橋健一先生の粘り強いご指導で、尻切れトンポたちに尾っぽをつけることができました。

かつて、ある日の飲み会で気の大きくなった私が口にしたのです。「私の本の跋は倉橋先生に書いていただきたい」「それじゃ、まず本にまとめなくちゃ」と言う仲間の励ましがあり、それが現実のものになるなんて私の心は歓びにうち震えています。

私一人では尻切れトンボを、羽ばたかせることができませんでした。

倉橋先生、サークルの仲間たちへの感謝の念に堪えません。出版社 澪標の松村信人さんにもお骨折り戴きました。本当にありがとうございました。

風変わりな母にうんざりしたときもありましたが、私は自分で抱えきれないほどの大荷物を抱え込んで途方にくれていたような気がします。だからといって何もしないで後悔するよりも、たとえ失敗してもやるだけのことをやって後悔する人生を選びたいです。

ある事情から10年間お世話になった透析センターから別のクリニックに変わりました。

また明日元気に透析に行きます。

二〇二〇年　夜長月

プロフィール
鍋谷 末久美（なべたに まゆみ）
〒596-0041 岸和田市下野町2-11-1-203
PCメルアド donguri@ares.eonet.ne.jp

私、ただいま透析中
二〇二〇年十一月一日発行
著　者　鍋谷末久美
発行者　松村信人
発行所　澪　標《みおつくし》
大阪市中央区内平野町二―三―十一―二〇三
TEL　〇六―六九四四―〇八六九
FAX　〇六―六九四四―〇六〇〇
振替　〇〇九七〇―三―七二五〇六
印刷製本・亜細亜印刷株式会社
DTP　はあどわあく